文
景

Horizon

社 科 新 知　文 艺 新 潮

方島

方岛

金宇澄 著

上海人民出版社

金宇澄

原名金舒舒，生于上海，祖籍江苏黎里，《上海文学》执行主编。

“中国好书”“鲁迅文化奖”“施耐庵文学奖”“华语文学小说家奖”“茅盾文学奖”得主。

作者自画像

目录

譬喻

五婶嫁过来没多久，男人便给抓了兵，从此音讯全无。

她一直独自过着。老人们都记得，当初她是爱俏的。男人留给她一栋草顶屋子和那棵苹果树。每逢春暖花开，她也会摘一朵插在头上。等花败了结出青疙瘩，院里又开大烟（罂粟）花了，她闲不住，兴许天天会掐下两朵戴着，一红一白。

五婶黑脸盘儿，长得身高马大的，生就两条男人的胳膊，虽然她天天插花戴朵的，但不怎么好看。

那时一遭兵灾，村里的姑娘媳妇都东躲西藏，只有五婶坐在当院像是个贴错了的门神；脸上也不抹锅底灰，乌发之间插着两朵大烟花，一红一白。那些乱兵抬头一见，不知怎的一个个都拖着枪跑了。

大伙儿都服五婶的胆量，临走就把粮食存在她那儿，知道一颗也丢不了。

有回两拨乱兵在村前打起来了。枪子儿爆豆一样响了一天一宿，伤兵全抬到赵家大院里，断腿断手据说也堆了一堆，老百姓自然都跑了，连个帮忙的也没有。部队里有一个医官见了五婶，就好说歹说把她请进了大院，让她当下手。她屋前栽的那些大烟花，都被乱兵们连根拔起，也拖进大院里去。

等战事平息，村里人发现五婶囫囵着走出院门，全身是血星子。五婶的身架儿好像矮一截，脸比过去更黑，而且还学会抽烟了。

从此，那苹果花、大烟花年年开，年年败，五婶再也不戴它们了。

光阴荏苒，五婶那间房的草顶已经由黄变黑；她男人当年造门洞时，不愿意新媳妇进出低头有意打得高高的，现今这门洞一年年地矮下去，五婶的个头仿佛也年年地矮下去，所以进出仍算方便。五婶当初替赵家种地，算的是男工，现在入了生产队，做些装草上粮囤的硬活，挣的也是男人工分。

苹果村一年比一年强，春华秋实，仍然是新崭崭的。

后来，村里住进些学生了。学生们是识字的，但不懂过日子。女学生肚疼男学生牙疼便没有办法。五婶就掐开大烟花梗的白浆，抹在烟卷上给他（她）们抽，果然就不疼了。学生的房东很得意，说这些房客只会糟蹋，说他们的牙膏实际是治头痛病的，脑门抹上一点儿，倒是凉飕飕地解火。

学生就笑了，送牙膏给五婶，但她不要。

这些大孩子们，既不会挑水，也劈不开木柈子。五婶就时常来帮忙。她当年的陪嫁，只是一副水挑和一把柴斧，虽然男人去后就不见用过，但现在拿出来仍是新的。她挑水或者劈柴的时候，老人们说，瞧，五婶刚过门的时候，就这样的。这娘儿们当初可有力气啦。

五婶是个捏不住针线的笨手。要缝衣裤，她只能去找三儿娘，瞧她的眼色。有天，黄鼠狼掏了三儿娘的鸡窝，咬死四只，存下的一只母鸡被撕开了鸡嗉子，一扑腾吃下肚的粮食粒都撒在地上，看起来也活不了多久。三儿娘很伤心。五婶问她要了针线，两腿夹住鸡先缝了嗉子，后缝胸脯，很干净利落，直把三儿娘惊得说不上话来。

不知能活不能活。五婶这么说，同时黑脸就红了一块。

不久，母鸡就满院觅食，到春天它还抱出一窝鸡崽了。

那些天大伙都跑三儿娘家串门。议论说，人要是有了红伤，怕也能治。于是又都想起很久很久以前的赵家大院了。以后有伤筋动骨的，不用颠十里地去大队找啦，村里有现成的大夫。他们说。

庄稼人不比乱兵，太平得很。但到翌年，木匠修大车时却给压伤了。大伙好容易把他架到五婶院里，可是她不给看，躲在屋里就算完了。木匠的老婆是个泼货，以为五婶拿架，撩开门帘滚翻了乱骂，呼天抢地似的。五婶坐着不动，后来像是烦了，走过来轻轻一抓提起那个娘儿们。五婶的力气全凝在骨头里，外表是看不出的，她跨出屋子，随便就把手里的女人扔在苹果树下，像扔下一只小猪羔子。木匠老婆头倚着树根，衣襟开了也不知道，傻子一样四仰八叉地躺着。五婶走到木匠身边，抓住木匠透亮的红胳膊，轻轻捏了几把，木匠没有吭声，却已经疼出了泪星子。五婶说，没有伤着骨头，白憩一阵自会好的。她说话的声音很耐听，很软，说得众人一声不吭。大伙觉得五婶的手已不像老太婆那么粗糙，摸在那条红胳膊上，滑溜妥帖，没有一丝声息。那手背是棕黑色的，好比出屉的黑面馍馍一样结实饱满。

众人都退了下去。当时谁都不会去想十里地外的那个大夫，都死心塌地地佩服五婶。没过多久，木匠就复原了。提得起那把二斤四两斧子，想劈可劈，要抡就抡，无所顾忌，人人都捧住那条胳膊端详。这鬼娘儿们了不得。木匠老婆逢人就夸。木匠注意到五婶焦黑的房顶，打算帮着修修，但他老婆就恼了，她含着长牙，身子猛地一扭，木匠就不吭声了。木匠以后还是感激五婶的，自打那天老婆露着肚子，四仰八叉地躺了一回，三年里她再没有犯过疯。

五婶看伤的事儿，谁都记挂着，学生们也提起，但五婶却不愿意听，说这是没法子瞎蒙的，是跟原来那个医官学的。这样说的时候，黑脸又慢慢地红了一片。

据说正骨的高手，都是这么摸的。

村里就这么一棵孤零的苹果树，暮春花开满枝，粉嘟嘟的香雾衬着五婶黑旧的小屋，特别地扎眼。五婶没事就待在树下，犹如当年丢了男人时那么兀自坐着。苹果花儿短命，早放的早落，小风来时花瓣如蝶

JYCH17.3

苹果一个一个端正地挂着，
显得很大很傻。

翅一般飘飞下来，地上一片粉色。院里堆着乱柴，附近罂粟的点点绿芽已经绽露出来，一切都明白无误，只是不知五婶在想些什么。

据说树是男人小时所栽。每至夏末秋初，果子多且密，孩子脸一样红彤彤掩映在绿叶里。然而自打五婶不戴花的时候起，也就不吃果子了，收下后只是挨家送给村里的娃们去解馋。

这年，树上的果子还青涩着，栓柱这贼孩子就去摘，他攀住一个大枝杈，双脚刚离地，不料喀嚓一声，那树杈坠裂了，斜靠在房檐上，不像原来的模样儿了。

五婶只得去打了伤枝的果和叶，在屋里取出一副发黄的木片，一团泛灰的纱布绷带，让栓柱爸帮忙，夹在断杈上扶正，团团用绷带绑紧，再捆上草帘。五婶干这通活儿慢慢地，纱布条层层绑成个人字花儿，像是打个绑腿似的。

当晚，她在树下坐得挺久。树在院里立着，一半的枝丫迎风沙沙作响，绿叶间，半大的青疙瘩在黄昏里直眨眼；另一半却打秃绝了，打了果子，挺着空空的光枝，残剩的那些个败叶蔫着，铁片儿似的。月亮冒上来，五婶的人样儿变得又窄又瘦，脚边的身影却越拉越长。她一手摩挲着树干，伴着粗糙的声音，整棵树像只得是打颤。日子就这么一天一天过去了，后来，秋风吹下落叶，树下是半有半无。冬天起早望去，半树的枝子挂了银毛霜，另一半也是稀稀拉拉的霜花，估计断枝是活是死，由不得五婶。下雪时节，五婶的肩头白花花一片，绑着树的那截草帘也肿了。

栓柱爸经过这院落总是低眉顺眼，怕五婶会说些什么，栓柱爸觉得孩子也不是有意的，现在不管能不能活，明年一定挑个日子给五婶修房，那房顶怕是漏雨。再不拾掇，坯墙就得泡酥哩。

翌年春天，苹果树涨饱了水，枝子绷得有些发亮。等小风儿吹着笛起了两遍晨雾，它就悄悄地抽芽，伤枝也冒出些嫩绿，细密得很。整棵树身悄悄散发出香气，一阵浓一阵淡，使大伙儿纳闷。——不开花这是哪来的味儿？老人们嘀咕着，觉得糊涂，然而那香味儿真像是飘来，认真去嗅，却是没有。

见它的鬼。大伙儿说。等树抽叶放蕾，半树依然是粉色带紫，接活那一半，花儿粉中带些儿紫，大朵大朵咧嘴，远远望去，如云霓浮动，特别招引蜂子。当然，这色儿，这味儿更招人。

开花的头一天，有人看见五婶笑了笑。老人们说这是五婶当年嫁人时的笑容。记得她男人当时摘了一朵花，踮着脚尖给她戴上，五婶现在的模样完全和当初一样啦，她的黑脸映着满树光彩，身高马大。她恐怕还能嫁人吧。三儿娘对她说，你就摘几朵戴吧，这花儿俏。

五婶回屋去了。

栓柱爸逢人竖大拇指。这娘儿们算是妙手回春。了不得。不过一直到入夏睡凉炕了，他仍然没有提起那桩修房的事儿。

夏末之际，五婶扯开树干上绑着的那些东西，两个木片子就滑下了。断茬照例是糊了团牛粪，变成一个黑溜溜的硬瘤子，很触目惊心，但树上挂的果子倒是个个可爱，红润红润的，和另枝上的那些果儿差不多少去，树显得歪斜了。风儿拂得滞重，苹果树像壮汉挑担一样地摇摆，扎实而带着点韵律。看样子，树算是好了。

从城里来的学生们已在村中数载了，日复一日随日头作息，都开始不耐烦。等后来，听说邻村有人病退回城去了，各人的心思就挂上了脸，零散地回城去憩着，一住就是三月半年。回村的几个，大多胡乱地度日，他们不让五婶担水劈柴。五婶就此极少走动。大概干习惯的缘故，她只把院里的乱柴尽数翻出来劈——这大都是当年男人存下的，粘在泥地上一动就黄烟四起，已经不堪斧斤，朽若粪土。

一连数日，黄昏都有劈柴声响，劈下的柴齐齐码在墙边。五婶肩膀宽阔，柴斧划出道道的光，不费吹灰之力。老人们纳闷了，难道这娘儿们才想起过日子么？自她丢了男人之后，可没有见她这样有条理。

只是，五婶的房不行了。南房顶生了硬秆草，北边坑坑洼洼长满苔藓，比鞋底还厚。

那些学生，倒有五分钟火候，某天便打算给五婶去修了，得知修房缺草立刻涌到野地里去割，然后一窝蜂地背回来。

盖房顶首推苫草，麦草次之，为的是草秆硬滑顺水。抹了泥，草茬朝外层层铺开压实了，用大钉板拍三遍梳四遍，去尽草毛，脊头用草辫编紧，横平竖直才像个房。而这帮孩子是直着腰用钐刀割下的乱草，只能铡了喂牛。

学生的火候褪下去，谁会用这大钉板？

九月，正逢队上修土豆窖，有个学生灰着脸从城里回来了，木匠就领他去帮忙。这孩子像有什么心事，无精打采，结果被一根大柞木料砸断了腿。木匠觉得这小子挺怪，像是在等那根木头慢慢往脚上砸，八成是在城里吃白面吃傻了。木匠把他放在大土筐里，肩上套了筐绳死命往五婶家奔。学生流着黄汗，见了这个去路，就喊爹叫妈不肯见五婶。木匠哪里肯依，气喘如牛地拉套，脚下生风。

那时，五婶正在苹果树下立着。树叶已经稀疏萧杀，梢上剩的两个老瘪果子乱晃着，很不安分。五婶听见喊声，脸就像那瘪果一样皱得深了。她的眼迎风便掉下泪珠，一颗一颗昏沉乌黑。等大伙闻声进院，树下已经不见她的踪影。

大伙久盯着门洞，久不见帘子动弹，几个性急的就领头进去……

大伙看见五婶坐在炕角里。屋子很暗，大伙开初都把她的肩膀看作了她的头脸。身子不高，长长的影子一直拖到众人的脚下。多少年大伙都没进这屋了，见这景象，确实惊异得很。

不会。五婶说。我上回是瞎蒙的。

三儿娘回口唾沫，小心地去扯。

进来的学生也说了段文明话儿。

五婶动动身子，没吭声。

木匠从人缝里挤过来，嗓门带着哭音。他疼坏了，时辰要紧。

快请快请。栓柱爸弯着腰说。这个腰牵扯了大伙，于是又弯下了几位。

——当年遇上兵爷，村里人也没这么干过。

渐渐，大伙听见一个细小声音沙啦沙啦地说，好吧。黑房顶和黑房墙也都好吧好吧地应着。那黑女人欠起身子，在蒙灰的炕柜里掏出些暗布条子，以及几根木片儿。炕柜里看样装了不少这类东西，大伙知道那都是治乱兵的夹板，似乎她掏不完扯不尽那样。大伙鱼贯出来，吁着气。

目睹五婶治伤是不平常的。谁都觉得恍惚身置梦中。五婶让那学生闭眼抽口烟。木匠递火，瞧着他的亮汗珠子。五婶嘱咐那句话时，仿佛在重复当年的声调，听起来珠圆玉润。五婶俯下身子，腰肢灵活柔软，十指掐住学生的裤腿，嘶啦一声，就将裤筒一直撕到腰眼，纵里分为两半。那是条城里正时兴的黄屎色难看的结实裤子，是条挺新的好卡其布裤子。好好儿这么给毁了，谁见了也可惜心疼。五婶为什么不试试脱下，这是条好裤子。大伙看见红亮亮的大腿上面，五婶黑油油的手柔滑无比。五婶的手背消失了皱纹，很结实饱满地在红亮亮的大腿上滑动，没有一丁点声息。五婶后来拿起那副夹板时，栓柱爸就上去帮忙。大伙儿呆着，脸上像长着死肉，十几双眼只顺着一匝一匝缠动的纱布条看个不够。五婶的手指玲珑轻巧，系上的结子也像是喜盒上用的联心结，好端端地不松也不紧，看上去顺心妥帖。

送大队去吧。五婶说。

周围都睡醒一般咂嘴，唧唧哝哝的，梦还套着梦似的，觉得身条子软息。学生们好一些，帮忙抬人抹汗。三儿娘小步儿跟着，说等会送个棉花套来裹着。

树需保着，人当然更得仔细了。

结果没有抬到大队去。

这也对，据说那边的大夫只碰过熟猪腿和老婆的腿，去了还不是误学生。

大伙想起五婶时，她已经回屋去了。那门帘纹丝不动，像是百年都没掀过的模样。

支书说，救人是积份高德，回头给她算些工分吧。

当天晚上，学生的腿就如木头一般又圆又硬了。脚趾都四分着火烧火燎。三儿娘用五婶给的大烟果煮水灌了他几口才像是安定了些。窗外黑若锅底，有老妇呜呜的哭声传来，但步出门外细听却是万籁俱寂。五婶的苹果树在风里摇晃，两个老瘪果子在梢上不定地动，钟摆似的，瞧得人心里涌来无名的烦恼。

不久，学生的腿慢慢消肿了，脚趾可以并在一处，也能上下活动，但他的面孔却始终沉着。自从回村到现在，他那面孔一直如此，不知在盘算些什么。

村里都说五婶是个好女人。支书因为事多，忘了记工分的事情。

下了初雪，学生都回城去过年，伤脚的那位也被架上马车一块走。木匠送他一副白木拐子。三儿娘说，好生在家待着，路上小心那棉花套子呵。学生们都像家鹅一样地点头。

车轮压紧嘎嘣脆的雪，远去了。五婶没有出来送别。五婶的黑房顶在雪中仍不平整，冒出的烟，高的像她的影子，矮的很像她自己。

这房怕经不住了。支书说。二十多年没有男人拾掇，明年都去帮忙吧。大伙听罢，应着，家鹅一样点头。

大雁齐整整排阵回来，学生们也零星地返回村子。只有伤腿的那位久不见影儿。仔细打听，大伙都歪头蔫脑，像是吃了耗子药。

——学生的脚废了。学生去城里的医院瞧过。见了大夫，学生们还讲了一通五婶的能耐本事。大夫看了夹板，照下相片，就恼了。大夫说怎么回事，这是顶次的“临时救护法”。

听者都不甚明白，面面相觑。

你们村那个土郎中，准在旧军队混过，大夫又说。

——腿骨错位，并且长了增生层，必须弄断了重新再接一遍，还必须钉一些钉子。即使如此，他的腿也得瘸。

木匠很惊讶地插话说，这大夫是木匠出身吗，板凳腿才钉钉哩。

做妈的也没有号两声？三儿娘问。

——人家只叹口气。病人竖在那儿卖呆，不知在盘算啥。

这时候，村里人再回头去看五婶的院子，看苹果树。脸都绷得紧紧的。

尽管苹果树孑然一身，却无忧无虑，独自开，独自谢，孤芳自赏。花开自然亮堂了不少，但荒草蔓生，五婶没有精神动锄耙。她变得呆呆的，看上去愈发地黑了。

不久，三儿娘的鸡窝又遭了黄鼠狼。七只鸡死了两双，另外的都咬个半死。三儿娘这回没有号，也没有拍大腿，她把鸡装在篮里挎了十里地去请兽医站治。说好了两天去取，可是，叫花子没有隔夜食儿，这三块活肉，当晚就被兽医炖了花脸蘑菇了。兽医一边嚼，一边还想着三儿娘，认定了这娘儿们对他有意思。

五婶的破房受不住雨，东山墙吃饱水坍了一块，不久，五婶把锅坐在院里开饭。苹果树像把大绿伞，护着这黑女人，把她的身子和长长的黑影遮得斑斑驳驳。天气热，她一直待到三星偏西才回屋避避露水，让那棵树独自立着。

村上的人都不知道五婶房漏，不知道五婶总在外头熬夜。支书近来闹眼病，三尺开外就成了雀蒙眼子，非但看不清，还怕光。

临近秋天，学生瘸回村子了。学生的身架子全变了，迈一步，屁股就搬得很勤快，他换了一个有橡皮头的单拐，可以借螺丝升高放低，使得木匠自叹不如。拐杖划动得十分灵巧，一路上没有沾着烂泥或者马粪，这又使三儿娘感慨万端。这孩子为什么现在才灵巧呢？要是当初躲过那木头，就不会安这三条腿啦。村上的人都涌出来看他，发现这学生脸蛋白胖，现在挺高兴。

一个人生生地多了条腿儿，能走成这样，也真不易。大伙叹着，不约而同地回过头去看五婶的院子。

学生摸出几张有红戳的病退信递过去，支书小心地掖好了，也顾不上得没得雀蒙眼，一溜烟去大队签字画押。

村里人都知道那学生特意去瞧过五婶。五婶那天不知怎么早就守在院里，她见到了这个三腿人，就像树木一样立着不动。学生也立在她面前，眼泪一颗颗地滚落下来，洁白透明地爬过白圆的面孔，挂在白下巴上。这时候，五婶的眼睛里也流出暗颜色的眼泪了，吧嗒吧嗒，很响地掉在院地上……

到了学生临行前的一天，学生掏钱请了些乡亲。酒过三巡，他说起想请各位替五婶修房的事儿。大伙儿停止嚼动，嗯啊地摆弄筷子，后来就挖脚丫搔肚皮儿，不吭声了。

学生千恩万谢，总算是回城了。

转眼，就到了五婶收果的季节了。苹果一个一个端正地挂着，显得很大很俊，但是五婶没有去摘。入秋院里挺凉，她已经把锅支回屋里很安静地待着，不出屋，不劈柴，也不扫院子。院中熏黑的灶炕，张着黑口看住高悬的红果，巴望它们快掉下来。

——今年大伙都疏忽了这些苹果。

有一天，苹果真的开始一个一个落下来了。苹果着地的声音非常微弱，后来却很响，叭叭的。空气是甜的了。村里的狗都停止吃屎，大声地狂吠了。公鸡母鸡也双双飞过三儿娘的头顶，红脸站在房脊上。那声音像是很奇怪，撞着心似的。大伙儿发现后，呆呆站在近处，看苹果树落下苹果的景象。院里飘来一些甜味儿和酒气，像是酒坊蒸裂了锡锅后散布的味儿。苹果浑同一个一个的蜜酒罐子，落地发出声音碎开。地面上的果子烂了，淌着粉红的汁水。苹果树下有红艳艳的苹果皮和泡沫。片片红果皮动弹，很好看的样子。五婶那对生锈的水桶，那把长锈的柴斧也落上了红果皮。地面上除了果子以外别的任何颜色都不起眼了。苹果树立在那儿抖，叶子沙沙作响，沙沙摇摆，很有点韵律……

人们望着，知道这一季果子都完了，糟蹋了，眼睛一眨不眨，仿佛身在梦中一样。五婶的门帘，好像被一股白色醇香撩得飘动起来。

——五婶在屋里坐着死了。盘膝闭目，黑衣裳如多皱的核桃。白色香味通过门帘，一团一团从她肩头滚过，在她周身盘旋。五婶没有表情，黑苍苍地静止着，头上插就几个黑果。但这不是一种插糖葫芦的插法儿，它们盘踞在黑发上，弄得很周正，几乎浑然一体，所以很配她的黑脸。这些头饰一眼看来，有如菩萨的螺蛳结顶，或者坐在大佛顶上的无数小佛，使得五婶黝黑的座身，像被长年香火熏成的了。

院子里，四周悄然无声，空气凝结。苹果树亭亭玉立，俨然一杆宝幡，绿森森地荫着人们。

人们突然感到，有股庄严肃穆之气从地层下升起来……

——下跪的是三儿娘。——消灾吧。她朝门帘喃喃着。房高人低，三儿娘的跪相儿显出自身的卑微，展示出一种人天感应的场景，她撅起高高的腚，洋溢心中十二分的虔诚。

——木匠悟出五婶治腿的本意了。妙手回春。木匠不禁唠叨开了。他腿弯子麻软，知道是撑不住了，于是噗通趴在苹果皮上了。

紧接着，这院子前就有了一片噗通噗通的动静了。待在后排的学生，个个像戳着地橛子，瞧这些膜拜的人，也有瞧那门帘子和苹果树的。

五婶八成是这么找她男人去了。但她终究得了个好名声，村上认准她是痘神娘娘那样的神婆，是天妃宫供的牌位。大伙修了破房，草顶儿黄亮黄亮的，衬着深不可测的蓝天。房边的苹果树也被认作不凡，树前多了块做供桌的石头礅子。

大老远的人们，都有赶来求树消灾灭难的，但若想顺便请一个圆圆的红苹果回去，村上的手续可就十分复杂了。

欲望

现在我们已经站在玉米地的尽头。从住处过来，路程一天比一天远，草叶上挂着霜，阳光留在玉米梢上。是秋天了。我说。我提醒长脚现在要割玉米。我们的目光转向土地尽头这片高大杂乱的庄稼，玉米地散发忍冬或蓟草的气味，它支起这迷宫，这个夏季筑成的、复杂的结构系统，正随风发出沙沙声。这就像我们关注一种性格，谁会注意到这些变化的整个漫长过程；当我们发现变化的结果产生一丝惊异时，现实已经无法挽回。是的，玉米秆已经倒伏了不少了，田垄已经成为草莽状，寸步难行。而夏季呢，玉米地的长垄整齐幽深，我看见长腿当时蹬一双公家的夏季农田鞋，几步就跨出田垄。那两条瘦削的、弯弯的长腿，嚓嚓嚓跨过节状的玉米秆，玉米油绿的叶子遮着他的脸。棒子正等待灌浆，叶腋的缨络是白色和粉红色的。他的两条长腿嚓、嚓、嚓，跨了出来，每一步似在田垄上空久久地停留。在他身后，仍有玉米叶的声响，那是一种海潮的声音。也许有人在割青饲料，也许是风。长脚的脸遮在宽肥的玉米叶里，我听清了嚓嚓的脚步声。在炎热的夏季，听觉给人一种凉爽的印象。我睁大眼睛，感到有些疲惫了；他驱使那对鞋子跨出田垄，走得那样快，有很潇洒的味儿，像是很美。渐起的南风吹动他的衣裳，他走出了地头；有如清泉流入酷热的，耀眼的土地，发出咝咝声音，漫出氤氲蒸汽。

现在当然是秋季了，我们站在玉米地的地头，等满仓来清点田垄。这个本地孩子喜欢做计数的事情，麦季时丈量麦地，等麦子割完，他就跟着我们转到玉米地来。我们要割倒玉米，大地之上，只剩下这片玉米地了。

六百公顷的玉米在视觉里难以形容，它在以前长得那样茂密，蔓延到大地的尽头，可能在完全割倒它们之后，土地也得不到真正的安宁。满仓说我们只割了一小块。他的意思大概是十六分之一，或三十二分之一。他伸出小手做了一个手势。我们席地而坐，并不懂他要表达什么；满仓的话已经不再可靠，没有参考价值了。

有一天，满仓清晰地讲出，他看见一个死掉的人，他看见的那个女人死掉了。

但是对于满仓的言行作为，谁还会相信呢？

割麦的季节，满仓朝麦地深处笔直地走去，他携带那把圆规状的木尺，顺着割净的地头走入麦田，他一边走，一边转动木尺，尺子双腿叉开，不停地更换支点。有时，一些泥块被尺尖带起，洒落在麦地里，等他走远，那些泥块就看不见了。他整个身子淹在麦子地里，他的肩膀比麦穗高不了多少，脑袋浮在麦芒之上，在大地的暑热里抖动，缩小，消失掉。他成为一个黑色斑点，一个墨迹，印在成熟的地平线上。如果我们从侧面观望（他横着走也是如此），那木制量尺在阳光下镀了金，两腿又尖又细，顶端由满仓的小巴掌握紧了转动着，轮换着翘起一条木腿；每次把其中的这条腿插入厚实的麦地，另一条呈水平的时针状，划了一道弧，静静跨过了满仓的肩膀，像在空中长久停留。天气阴霾的日子，他才模糊成一团，整个儿像一个移动的计数器。

我们这时都席地而坐，期待满仓回来，我们眼巴巴地看他移动并消失掉。

他记错了才好，只是别记多了。我说。

长脚的双眼追随着那柄量尺。你看他走得多带劲。长脚咧嘴笑了笑。

长脚起来很晚了，吃饭慢条斯理的，但做事不含糊。他掰开半个馒头，交给等着上工的满仓。满仓吃过了饭，因此吃得很慢，馒头鼓在腮帮子里，很难看的样子。队长叫大家列队站好，镰刀必须握在右手。队伍动弹着，右面逐渐变得寒光闪烁，很齐。这时长脚说，一天有一天的事，有一天的活儿，他咧嘴笑着，镰刀贴近裤缝，站得笔直。我看了他的刀，那刀脊上很明显锻了五星的记号，这刀挺快，你试试。我摸摸刃口，收割时期拇指磨得嫩红，没有什么明显触觉，刃口微微地颤动了一下。我说行。但说话时我的神情不太认真。长脚说，这刀已经很锋利，他让满仓做个套子免得伤了人。可一直没给我做。他说。我们同时看了一眼远处的满仓，发现满仓有乖戾之感。——我的刀是弹簧钢的料子，我就很少磨刀了，用在磨刀上的时间很少，也不带磨石。长脚说。他张开双手，表示真的没有带磨石。

大家排齐队伍开始朝地里走，我们是男连，一百多人的女连，尾随于后，走了五分钟，队伍实际是散漫了，顺着小道作蜿蜒状，像是大群的菜牛或乳牛在走。我回过头去，梅珍还是拖拖拉拉跟在这女孩的队伍里，她戴着绿底子黄花的套袖。我在心底呵了一声，梅珍就不见了。在整个收割季节，每天出工的情景就是这样大同小异，多一个人，少一个人，是很难分清的，每天太相似了，也像是促使大脑产生错觉。队伍尘土飞扬，刀光闪烁，人多，杂乱，我感到梅珍的存在时，她就跟在队伍后面，如果忘记这张面孔，她便消失殆尽。几次早晨，只要我转过头去，就能看到她那副套袖，还有脸蛋；她的身材并没有什么变化，并没有怀孕，线条正常；下地劳动，她穿着宽大旧衣裳，衣襟被风吹起，显出轻灵的样子来，很有神采，比我臆想中的状态要好多了。但是实际上，她真的是不见了，照书面语来说是失踪了。她是哪天这么走着走着，“失踪”了的？在麦子开镰的某天，她就写了这个书面语跑掉，不见了。有时候（上午或下午）她确实要到牛舍去帮着挤奶，夏天出奶多，那边也需要她，割麦更像是临时的加入者，这样，我更不能确切说清她是哪天走的，消失的，她在哪天去了什么地方。农忙时，这里常有临阵脱逃的人。

我记得有次和长脚到牛舍去看望过她。我单独去牛舍，也看到过长脚和她在喂牛，或者给乳牛挤奶。这都是一些简单劳动：梅珍把铡细的青饲料倒入牛槽（那时她的肚子必须贴近很粗糙的槽口），乳牛已挂着透明的涎水蹒跚地凑近来，喘息着，舌头舔完一个鼻孔，又去舔另外的一个。我倚在附近的谷草堆边，看看梅珍，也看站在一旁的长脚。有时从乳牛的侧面看过去，牛排得很齐，与人身材几乎是一样高，他们只是大致上看一下牛的外表，如果有什么异常，可叫兽医处理。长脚在我的关注下镇静地在乳牛的后腿前蹲着，那时我并没有真正感觉到什么。由于青饲料过于丰富，夏季剩余了许多牛奶。以后，就传说梅珍在模仿一个历史人物，每天用牛奶擦脸的事，但从没有真正见过，长脚也说没有见到。梅珍的脸和脖颈确实很白，前胸丰满，这能与牛奶联系在一起。有人肯定地说，夏天的牛奶稀薄。而实际上，牛奶仍然那么芬芳，夏天的产奶量确实大大增加了。伙房里不需要那么多，梅珍那边无法储存，只得把奶炼成奶油，存放在伙房的仓库里。但是这批货存放以后，通常被忘记了，仓库的情况很糟，有许多东西不断在捂坏变质，最后，是再把它们扔在外面的垃圾堆里（有些发绿的猪肉或者猪头，还有的，就是一摊一摊的膏状物质），这就是梅珍制作奶油的下场，谁会去想到它们曾是洁白的牛奶。

麦子被完全割倒了以后，玉米地高大萎黄，耸立在麦地的旁边。每天清晨，天刚蒙蒙亮我们就已经站在玉米地的地头。我对长脚说，要干活啦。他擦了刀，手在裤子上拍了两下。我们看到留着麦茬的土地平展展铺开，伸向远方，它在我们的邻近留下大块的黄褐色阴影：温暖的，带着蓟草气的玉米立在眼前，几乎一伸手就可触摸它们。玉米的根部还泛青，霜花挂在垄趟的杂草之中。满仓坐在地头听别人在分配一天的垄数。满仓做了一个手势，说我们只割了一小块。他的意思是三十六分之一，或四十八分之一，但没人听信他的话，谁也不再听信他的主张，满仓坐了下来。也许他认为这个数字不会错，他喜欢记这些东西，但是，已经没有参考价值了。

实际上，满仓只属于疑犯之列，只是在那一夜像被盘问过久了，他显然有些站立不住。他再三说没有偷青年宿舍那架小收音机，真没看见过这东西。他说。那时天色已晚，我们明显感到困倦，满仓讲不清丢失收音机的那夜，他去了哪儿，没有证人。他站在房屋正中的红砖地上，听别人一个个讲每人当时的事：去了什么地方、谁可以证明去了什么地方，没有走进这所房子。但轮到满仓，就谈不清楚，却努力要谈清这件事，伸出小手做一个个手势，总也不清楚这表示什么。从这一晚开始，我们开始不信任这些手势。也许这反复的询问，耽搁太久了，我们都已经累了，满仓还站在红砖地上，蜡烛即将熄灭了。长脚说算了吧，这大概是个无头案子，收音机肯定找不回来了，都困了，大家明天还要割麦，算了。没有人回答什么。收音机摆在空屋子内不见了，应该是奇怪的，也许查不出来，但查一下总比糊弄过去好些。大家就这样让满仓一直站到深夜，后来他终于承认，是自己拿的了，说这句话时显然他经过了长时间的考虑，在长久的沉默之后他承认了这件事。蜡烛即将熄灭时，他突然承认了。是我拿了。他说。那声音在静夜里细若琴弦，让人奇怪。他卸了重负，深深叹一口气，说脚脖子作疼，明天还要割麦呢。他蹲下身子来，这时蜡烛完全灭了，屋子里面漆黑一片，谁也看不清他的脸。他蹲在什么地方，或是蹲在一个很深的地狱里面。他说，收音机藏在一个草垛底下，是类似他的声音，一种肯定语。但音质飘飘忽忽，像由矿井里传过来，谁也看不到他的脸、他的小手在做什么手势。他已融化掉了似的。当时我们过多地注意到这肯定语的实质，有些意外地直坐在床上，收音机总算有了着落。许多的脚丫已经窸窸窣窣触碰鞋子，我们都有了活力去找那个草垛。……可是这个夜晚，满仓一共肯定了三个地点，第一个地点没有找到，他讲了第二个，以及第三个地点，但终而一无所获；我们在一个草垛里扒了好长时间，当三星微明时分，巨大的草垛经不住掏掘，整个倒坍下来，我们白白地掏掘了一番，弄得十分疲劳，直到了天明时分，大家才明白满仓的话不能相信，觉得气愤。但是他还小，俗话说大不打小。我们不可以打他，只得作罢。翌日清晨，满仓开始有点发热，我们让卫生员给他打一支吊针，让他休息一天。满仓平展四肢躺着，很放松，手腕也可活动，但是当卫生员把针尖逼近他的胳膊时，他的肉就作硬，他对卫生员说放松了，没有紧张。但胳膊分明是铁硬的一块东西。卫生员说，这人怎么了。

满仓躺在那儿说胡话，说麦子就要割完了，老说麦子和麦地。后来，他拉住卫生员固执地说看见一个死掉的人。他看得很清楚，那个女人死掉了。

满仓的举动，搞得卫生员很不愉快。

夏秋之季的白天还显得漫长，只有当晚风飘来远处的牛哞，长脚的眼睛才会暗淡下来，他在闲谈之中提到城里一个朋友的处境，说城里并不是事事如意，与农场基本相同。但他没有把来信读给我听，也无耐心容我提问。这也许是个需要谨慎的话题，我没有多说什么。我们仰望夜空，看到星星在眨眼，我们听到夜里牛在哞叫，分不出这来自于母牛还是别的什么牛，无论在任何紧迫或尴尬的情形之下，牛的声带固定在某个频幅上表达那意思，不知想引发什么。但这力量促使旁人去追溯，感到一点悲戚或伤感的紧压。大块大块的庄稼密不透风，等待人手去收获，也许仅是一种理由。这些杂念虽出于自身，实际上，仅是区区几声牛哞所致。

麦子在依次被割倒，玉米地逐渐显露出来，给人突兀的感觉。站在地头上，庄稼几乎让人相信，它是一棵一棵被插入田垄，它的种子通过机器那规则的圆孔滑入下来，一颗颗裹着颗粒肥料，被埋入土地压实，这在设计时已预先想好并加以实行，不可能引出预料之外的麻烦。长脚对我说，他不愿再去牛舍了，他说这工作没法去做，他讨厌这么做。他在牛舍的一隅伸出双手，让我看到上面沾着的乳汁，他的手指粗大红润，虎口鼓起一块肌肉，可以说这是他长期挤奶才形成的。他甩动手，说讨厌那奶味。长脚伸了个懒腰，倚在谷草堆上，那两条腿伸得极长，样子很难看。我感到我们离牛舍很远。他说。我们靠在那草堆上，草枝作响，屋顶上方横着灰色椽子，奶牛都站在不远。斜在草堆上可看见梅珍的背影，以及乳牛后腿上的火烙印，梅珍转过身来，将极白的面孔朝着我们。我说乳牛实际非常温和，并不使人感到有所伤害。长脚咧嘴笑笑。“我知道。”他说。他看梅珍低下腰，将纱布蒙在一个个奶桶上，他身下的草枝在响动，眼睛直盯着弯腰的梅珍。“我不想再干了。”他轻声说。“你大概喜欢这工作？”“不知道，我想这挺干净。”我说。脑际展现出梅珍用牛奶擦脸的情景，但是总不清晰。我往壁上搜索，发现这个图像正逐渐消失掉。梅珍在乳牛身边蹲下身，背对着我们轻轻摇晃。我就不说什么了。长脚静静地靠着，一言不发，我仰起头，知道那些牛奶是透过这层屋顶蒸发到田野里去的……奶油成了垃圾上的狗屎，余下的只是奶牛还在，躺在这儿与长脚肩并着肩，心里难免牵挂地里的青饲料。看起来胀鼓鼓的叶苞正在灌浆，实际并不会成熟，这些叶苞被用作了青饲料，叶苞实际已是一堆狗屎。

我们就这样每日朝地里开拔，一直走到土地的尽头。不管去割小麦还是到大田种庄稼，我们的路程一天比一天远。偶尔，我仍然可见女连里有绿底黄花的套袖闪动，有梅珍的白脸。女人们总是絮絮叨叨，不

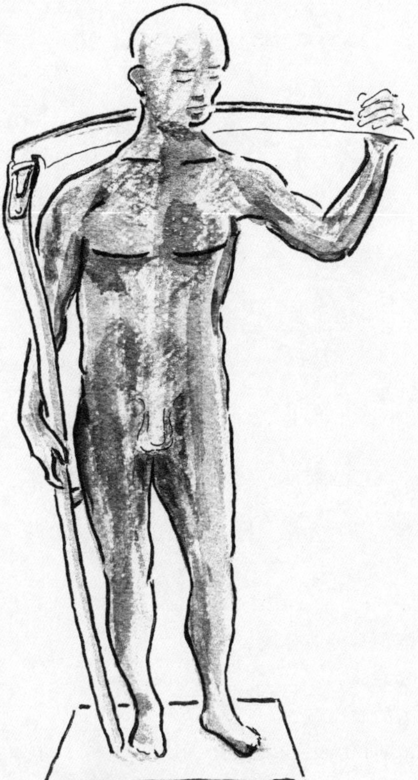

他的两条长腿走得嚓嚓作响，
他的镰刀贴紧裤缝，
脚上套着公家的农田鞋，
显得干练而精明。

知所云，但声音由风飘来，显得顺耳。长脚也许不会有这样的感觉，他的两条长腿走得嚓嚓作响，他的镰刀贴紧裤缝，脚上套着公家的农田鞋，显得干练而精明。大家都似乎陷入嗡嗡的嘈杂之中，只有他是清醒的，从未失去判断。他看见人们摆弄着镰刀，看到走在前头满仓的脑袋便咧开嘴笑了笑。他看见有人挥动镰刀，就势在路边的草莽间大肆杀伐，也咧一下嘴唇。一路上这种嘈嘈杂杂的声音不绝于耳。长脚将镰刀贴住裤缝，几乎是沉默地走向地头，他只是偶尔在一个突然的欲念驱使下，举起镰刀朝杂草转了一下腕子——他走得好好的，突然这么一扬，给人以怪异之感，似突然接住远远射来的乒乓球或别的飞行物。他微侧过身子，长腿仍在步行，但只一招手，那草芥已断作两截。动作在很短时间内完成后，立刻恢复到原来的状态朝前疾行。这印象长久留在我的脑海里——我还记得夏季他跨出玉米地的样子，我感到这些姿势刹那间都很美，带着几分坚毅、潇洒的意味，难以忘怀。他也许本就是个坚毅的人，目光明亮，走路极为轻快，他一直是以这种状态下地割麦的，只是有次他说，他的手指割破了——这是一个令人不愉快的早晨发生的事——他的手好好的，看不出有何异常，他一边走却一边这么说，他的手指割坏了。他没有给我看一下伤口。这时天气阴霾，像是要下雹子，有凉气正从我脚心逐渐沁来，小腿冷飕飕的。我们加快步子朝地里走去。他小心地拿着自己的镰刀，紧挨在路边走。我偶然注意到满仓正走在前面。他的鞋不合脚，他用绳在左脚背上绑了一道。鞋子很大，发出了拖沓的声响。也许，他丢失了一只鞋才这样的。玉米地遥遥在望，我们能够感到玉米地温暖的气息，但要走近它还需要很多时间，我们加快了脚步，不久满仓落到我们后面了。路边的野草还未枯黄，整齐地分在两边，一直朝前延伸。但这个时候我们突然看到草丛之间站着一只极大的白鹅——从没见过比它更大的鹅，它直起项怔怔地看着长脚，或是看着我；它的冠子鲜红欲滴，在草丛上舒展着，像是硕大的单瓣的花朵，开在那儿纹丝不动。它的位置离小路有一段距离，当我们走近时，长脚几乎是不假思索地一抬胳膊，手起刀落，那朵红花就飞落在不远的树丛里；鹅离着路边有一段距离，镰刀几乎是难以够着的，但却做成了这件事。直立的鹅颈被砍去了脑袋，像鸡脖子一样张开白毛，几乎粗了一倍，带动庞大的身躯走动起来，摇摇晃晃朝我们走来，朝路边走来，没几步，便哗啦倒在草莽之间了。在那一刻鹅的血脉几乎凝固了一样，像是被一个阀门关闭住，迟疑了许久，双足开始走动，时间几乎被拉得很长。而实际上，大概仅四分之一拍，血涌了出来，喷洒在亮绿的草叶上，以及它洁白的脊背。它倒地以后，我听到血流冲击植物根茎欢快的声音。

我们离开它一两步的距离，它绊倒在草丛里，这是几秒钟内生出的事。

拐过路口，发现满仓重新赶到前边，神情惶恐地朝玉米地走去。

——那只鹅是打算朝路边过来，因为看不见路，才绊倒在草棵之中的。

我们坐在地头上憩息，长脚的两眼没有倦容，也不觉得累。那把染了鹅血的镰刀平展展躺在他身旁，血凝在一处，染在刀脊的五星印记上。也许，刀口崩了，这是一个巧合——刀口是从鹅的颈椎间砍入的，这可称极快速的一击。

他对我说，他被镰刀割破了手指。他举起手指给我看。伤口不小，我叫卫生员给他扎止血带，带子上渗出血来，凝成鹅血的样子。这刀子太快了。他说。怎么就割破了？

他没有再提到是怎样才割破了手指。伤口好得挺快。没事的时候，他看看手指头，仔细看手指上月牙状的那痕淡红。肉长得极嫩，有光泽。上床以后他躺着转动那手指，看能不能活动。他淡淡地告诉我说，他的朋友是医院的男护士，力气很大，每天仅是用推车，把临产的女人抱到产床上，或抱下产床。以后，在一封信里他的朋友说工作有些使他受不了，每天看那些赤裸的场面确是一种折磨。长脚艰难地说着，又不再说了。他在受伤的手指上吮了一口，那手指发白，孤单地竖在烛光之中，渐渐地，泛出那月牙状的一痕桃红来。他咧着嘴，像是因为疼而笑了笑。我说："麦子快割完啦，我们可以休息几天。"还有玉米地没有割，有多少呢？四百公顷？他问。还有这么多的地没有割。他的眼睛转向墙上的镰刀。我愿意割玉米，那活儿不累腰。他说。他下地唯一感到不舒服的是，麦子太矮。高个子弯下腰，割矮矮的麦子实在是累人，等割上玉米，他的进度会快一些的。他这么解释也许很对，能看出他喜欢割玉米。收获的日子即将来临，却显得缓慢起来。"不知哪天我才能去割玉米。"他说。"割麦子太累了。"他望望墙上的镰刀这么说。

现在我们到了土地的尽头。我们被这片高大的庄稼所阻挡，阳光留在干枯的玉米雄穗上，返照出夏季失去的那层金色粉末。玉米地带着本有的荒芜展现在每个人面前，支着即将倒坍的、巨大的结构系统，已由仲夏一直延伸到深秋季节。田垄中现出草莽的衰败征兆。在夏季长脚套着公家的农田鞋，几步就跨出这庄稼的绿色重围，他每一步都在绿亮的背景里久久停留着。可现在玉米终于侧过修长的身影一棵一棵倒在田垄上。浑身哆嗦着，挟带着懒散的气势躺下来，趴倒在地上，发出野刺梨树哗啦啦的声响占据了一块地方，真不信这仅仅是一棵玉米。

从收割玉米的第一天起，我总相信会出什么事，但这只是一种错觉。我在收割的间隙张望天色，寒风阵阵吹来，我独自面对眼前的这片庄稼，相信不仅仅是错觉。小个子的满仓从第一天割玉米到现在，一直无法完成自己的五条垄。他无法看清方向，玉米高出他的头顶，遮住了他的视野，使他割的路线弯弯曲曲斜插到别人的田垄里，也许不久又斜着割回来。他割

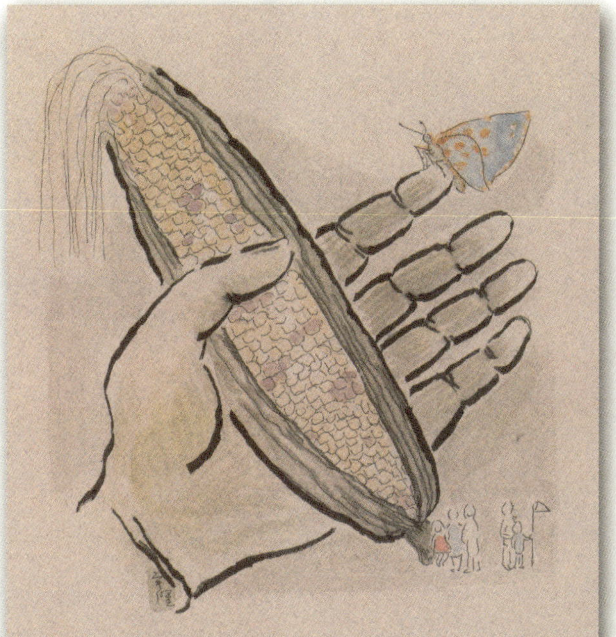

温暖的，带着蓟草气的玉米立在眼前，
几乎一伸手就可触摸它们。

得挺慢，他的个子只到玉米的叶腋处，根本看不到前边的景物。他那五垄割倒的玉米忽左忽右朝前延伸，有一种怪异的样子。连队长说满仓你太小了，你等等吧。连队长让两名快手夹在满仓左右——这个办法在开场的几分钟里，就可以给满仓留下齐整的五垄玉米，瞎子也可以摸索着割倒它们。那两把快刀以非常的神速割进玉米地，开出深深的巷子，中间就是孤单单的五垄玉米，直直地立在那儿。

我不断张望天色，独自立在地头，能感到寒风阵阵吹来，像是天气要发生什么变化，但什么也没有发生。长脚若无其事地注视眼前的田垄，他摸摸镰刀，手掌在裤子上拍打了两下，显得干练精明。他的双眼可以越过高高的玉米梢，望到天边的景色。满仓从地头走过来，又很快被两名高大的快刀手裹胁而去。满仓夹在他们两人中间，个子显得越发矮小，玉米高过他的头顶，他即将被它们所淹没。他们三人哗啦啦走过荒芜的地边，犹如去奔赴一个法场。长脚没有注意到这三个人，他看到连队长在地头的一翼象征性地砍动庄稼，立刻就步入玉米地，像是带着一种饥渴扎入这片庄稼，双脚沉重踏过土地，将玉米一棵一棵割倒。他跨出玉米地时，叶子苍翠还带着一层油光，而现在已经消失殆尽了。玉米在盛夏季节直直矗立在他身后，张开金黄的雄蕊，在它下方，叶苞上的穗子似白色或粉色的长发，柔弱地垂挂着，细密、温柔，倚靠住强壮的枝干。收获玉米总带着恼人的响声，玉米秸干枯皴裂，果实有时掉落在地上，露出一颗一颗石子样的玉米粒。两名快手此刻确实不凡，弯下腰左奔右突了一阵，玉米地带着刺耳的嘈杂，露出两条长巷。两把快刀带着欲望逐渐进入这愈发见长的巷子，侧面效果，只是见他们双足着地，骑马弯弓地跳来跳去，这是一片乱糟糟但有韵律的响声。满仓被甩在后边，用他的小手一棵一棵割倒玉米。他惶恐、可怜，身单力薄，并不只是踟蹰。当我埋下身来抓住粗糙的玉米秆时，长脚的镰刀几乎就在附近闪烁着，长脚摧枯拉朽，挟带着深秋的寒气从我身边过去，他的刀带着刀刃上铮铮的声音，从杂乱倒伏的庄稼底部传来。玉米海潮似的涌动，玉米地上留存着锋利的茬口，刺穿那些紧压着的庄稼，难以数清它们究竟有多少。

玉米地在寒风里飒飒响作一片，它的独特气味逐渐散发。经历多场秋雨，玉米地的凉爽清新已成过去。它有另外的一种气息了，这是人们所陌生的。

在这天，我们发现一只猪的残骸躺在玉米地深处。此时，送饭马车的鞭鞘飘扬在玉米地的上方。有人说发现了这件事。我们知道要吃饭了，浑身松散。死猪身下的玉米还刚刚秀穗，很矮小。不远处，马车鞍辕上的金属环铿锵作响，马在喘息。在远隔这一大片玉米地的空间，声音似被一只巨手所掩，显得轻微而不真实。我们将玉米的细秆削平，做自己的筷子。

不死鸟传说

接近初冬时，洋葱田已消失夏季葱绿的颜色。我们感到天气多么阴冷，当我们带着大堆的麻袋和柳条篮子，顶着寒风，在清晨走近这块广大的田地时，我们知道一切都变了，那里的颜色、气味和温湿度都发生了截然不同的变化。田地里大片大片洋葱的茎叶都已倒伏，它们相互压在一起，挂满晶莹的寒霜，像是个广阔的垃圾场。我们迈过田埂走进地里，听到洋葱的茎秆在脚下沙沙碎裂，那种声响和其他枯萎植物的声音是相同的。

王宝的脸肿了好久，最近才恢复正常，显然他受到了很大的伤害，此刻他的心态已经平静，他私下对我们说，领导和被领导吵架，倒霉的不会是领导，他只能接受了教训，以后不会再跟大春作对，不会再挨大春的耳光了。即使如此，他仍然相信，有一天大春会身败名裂。王宝家住上海横浜桥，他说当地一个开“老虎灶”的小业主邻居，已经被打成了反革命分子，此人是“阿飞”“白相人”出身，对上海一直心怀不满，不止一次告诉少年王宝，上海的女人如何难看，她们的身材、穿着，根本就不能和过去比，结果就这句话，此人就成了反革命分子。王宝觉得，这种“今不如昔”的反动言论和大春的行为是差不多的。难道我们会有两种政策吗？王宝说，会有好戏看的，等着吧。他说。这番话，王宝已经讲了很多遍，我们差不多记住了横浜桥旁边的那个小业主了，王宝还是愿意提这个人。小业主确实是阿飞的本性，经常盯着打开水的少妇说下流话，经常对少年王宝灌输下流思想。他告诉王宝，目前根本看不出上海女人有什么身段，衣裳和大麻袋差不多，“灯笼壳子”一样，看不到乳房和大腿，女人天生有两件东西宝贵，现如今的打扮，跟没这两件东西一样，为此他极其讨厌上海，胃口完全倒了。当时正是王宝的发育阶段，听了老流氓的话，王宝的幼小心灵完全被“目前女人”的问题侵扰，十分不安。老流氓沉浸在旧上海的回忆中，对准王宝的耳朵说：——喏，老早的女人，霞气标致好看，玻璃丝袜，“蜜斯法特”牌嘴唇膏，旗袍衩开到此地——他指胯骨的部位给王宝看。赤佬，侬现在要是看到，弹眼落睛，骨头酥脱……此人端着茶壶，在店堂里走给王宝看，真是丑态百出，当时王宝就觉得，上海这地方太复杂，想揭发这事。以后，这小业主自取灭亡了，弄堂里人人都知道小业主的问题，包括她老婆曾在“大世界”做过“玻璃杯”，那是一种“一塌糊涂”的工作，她胸脯高挺，即使运动来了也依然如此，邻居都清楚，肯定是假造的，都清楚她是做了几次隆胸手术，打入了空气。她家孩子一同别人吵架，对方就骂：“你妈打空气针！不要面孔！不要面孔！”

我们一直在播种和收获，大春的状态也如此，他担负了对我们的教育和监督任务，并且阻止我们同女孩子们一起劳动，一般到了收菜季节，男劳力就都被大春委派去抢收圆白菜、大白菜、土豆和洋葱的任务，收获这些农作物，人为损耗不大，他知道没人会去啃圆白菜、大白菜；土豆是每天主菜，生土豆不如食堂的煮土豆好吃，包括大部分南方青年根本就不习惯生洋葱的辛辣味，集体的损失相应会减少很多。大春走到白菜地前，做了收菜动员报告，看了看大家说：现在就下地吧，谁要是有牛下水、羊下水，可劲儿去啃好了，我不会管的。

我们按照大春的吩咐，三三两两在地里收白菜，大春已经走开了，他带着一群女生们走进不远的沙果园子和水萝卜地，天气晴好，他的身影同那些顺从的、列队前行的女生们在阳光里融合起来，让我们感觉大春跨进了一幅图画，只要切入这个场景，他的头顶就冒出红鸡冠的亮光，非常诱人，然后，逐渐被那群叽叽喳喳的女孩子们所淹没，他和她们一起步入了果树丛和美丽的水萝卜地，像完成了男人的某种梦想。王宝说，看看，大春就是累极了，也是高兴的累，累死了也不后悔的。王宝说完呆呆朝那个方向痴望，几乎忘记了手头的工作。我们也放下了手里的大白菜，像观赏一部纪录电影，紧盯着远方闪烁不定的美景。田地里阳光耀眼，空气中混合着新鲜蔬菜和水果的芬芳，混合着女人们一丝一缕的笑声，我们感觉大春是一头牡兽，他常把这批弱质、无抗衡能力的雄性驱赶到白菜田来，如果他是一匹大角鹿或非洲鬣狗，可能会把后腿抬起来，滴一点儿尿液在草丛里，释放强悍的讯息，划分出一种地盘，让对手们敬而远之，我们联想王宝话中的意思，知道人不可能把自己和动物分成两个群落，在生产劳动中，貌似平静求偶，外表遮挡了内心的凶猛、急迫和自然赋予的排他性，造出比如“心情”这类词用以平衡，在特定时刻，物种之间并没割断内在的纽带，虽然大春是领导，仍然披有远古的鬃毛，是无法改良和进化的，他被委派来到此地充当首领，早也经历了异常激烈的搏斗，如今他可以自由使用权力，划分疆域领地范围，不必再肉搏和苦干，只用特殊气味和指令就可以成事。一段时期，我们的王宝极崇拜大春的职位，甚至表示不久以后，他就会进入大春领导层，当一个干部，对王宝当领导的理想，我们都表示理解，但想一想他极差的工作表现，也明白这是做梦，他再想也无法进入这个层面，当不成什么干部。有人劝他想开一点。表面上他爽直地收回了这个狂想，但直到如今他仍然耿耿于怀，经常质问我们说：啊？对大春这样的反革命分子，你们就这么无动于衷？就这样一直看他胡作非为?！王宝双脚踩在一棵大白菜上，高声说：有谁代替他当领导吗？我可以让，当还是不当呀？世上有两种人，一是领导，二是被领导，谁来？看他神态，像是一个直属大农场的场长，或副书记。每当王宝胡搅蛮缠的时刻，远方大春的背影，也就更立体了——我们都明白，果园的女孩子们已经星星点点分散开了，我们看不清大春是在干活，还是在聊天，究竟同美芳和根娣这两个女孩在一起，还是独自站着，一切也更模糊起来。所以王宝来回重复这番话，即使大喊大叫，也更幼稚可笑，果园那边无法听见他的内容。也许美芳和根娣她们，本就没在大春身边劳动，她们既不是班长、排长，也不是大春的老婆，她们跟王宝没关系。王宝他这样多虑，毫无必要。

现在已到了收获洋葱的季节，我们一共种了两公顷多的洋葱，需要很多人手来仔细收获，我们没有专收洋葱的机械设备，只能依靠人的力量。收洋葱和收土豆的程序差不多，如果我们是在青椒田或在洋柿子（西红柿）田里劳动的话，情况就糟糕了，等大春走开，很多人就挑选大个的青椒和洋柿子来吃，要是天气炎热，或没有人往地里送水解渴，这种损耗将更是可观。虽然大春是复员干部，常常也带不好队伍，他跑到田地的东头位置，立刻又觉得拉开了与西边的空间，知道我们在大量破坏秋收成果，他很清楚哪些人是害群之马（比如王宝），警告我们一定要好好劳动，要爱护集体财产，干部讲话也就是“我们要”怎样“要”。可我们知道他不喜欢下乡的青年，他曾到上海跑过一次“外调”，就是查某人档案材料，住了两天就回来了，他是真心不喜欢城里，不喜欢上海。他说：“上海呀上海，上海的毛病可不少，马路上跑小火车（有轨电车），家家有马桶，上海人一分钱买三根小葱。”以后知道，当时他在福州路某小旅社只住了一天就走了，也许看到这几样特别东西，不习惯才走掉的，他认为上海就这些印象。有人解释，上海人不吃葱，大捆大捆买回去没用，葱是去鱼腥的，上海的葱没有别的用场。他说：人不吃葱，还算人吗？上海的毛病可不少呀。他这么说着，掏出一些虱子扔到解释者（王宝或谁）的被子里。我们如果请他抽烟吃糖，告诉他说，是从上海带来的。他就会问："是上海吗？'大前门'不是建在北京吗？一定是北京货吧。"他这么回答，我们也就不想多说什么。大春就是这样一个有趣的人，我们毫无办法。如果我们问他，连队总共有多少上海来的上海青年，他不会说我们来自别处（如来自北京或者齐齐哈尔市），引起大家不必要的骚乱。无奈之时，他也就没来由地说："看你们，站起来五尺多高，坐下来一大堆，真是'生孩子不叫生孩子'——叫'下人（吓人）'哪。"说了这个意见，他就离开了。我们已经了解他的脾气，感到无所谓，我们两眼望天，让他这么离开。等他走后，王宝就说：放的屁真臭，挨操打呼噜，这是装死，我告诉你们，他肯定是个反对上海无产阶级的坏分子，他会倒霉的，马上就会暴露反革命本性了。王宝这样一直仇恨大春。我们叹了一口气，不想随着他再多说什么。我们不愿意掺和他们之间的事。王宝说，以为他是跳芭蕾的男一号“大春”？休想，他不是，他会倒霉的，会成为反革命的坏分子的。我们根本不信王宝这个结论。大春能出什么事呢，就凭王宝几句话，就能轻易打倒一个干部？神经病吧。我们都不说话。王宝很注意我们的反应，如果我们没反应，他站到一旁也不说话，然后就直接去睡觉。他是个特别的家伙，大部分的吵嘴过程就这样平静收场。如果王宝突然不高兴，他就跳出队伍，或者跳出被窝，立刻跟大春吵，根本不给当领导的一点面子。他们两人有意思，一开吵双方就各骂各的，王宝骂一串上海话，骂一通然后高呼口号——“破四旧立四新！”“无产阶级专政万岁！”“把‘文化大革命’进行到底！”闹了一阵之后，呼天抢地哭了起来，他这样投入真不太合适，也比较滑稽、娘娘腔，也可怜。他额头上滚落很大的汗珠，不一会儿就口吐白沫，四肢抽风。站在一旁的大春已气得浑身哆嗦，大骂他疯狗。但没有办法，大家已经乱了，有人往王宝口里塞白菜叶子，掐人中穴位，抬着王宝找卫生员看病。这争吵的起始，大家极难预料，都有点兴奋，有些喜欢出这种事，如果正是在地里收菜，这样的混乱起码也可以少干点活儿。

到了以后的一天，正当王宝要发作的时候，大春和另一个干部拿出绑猪的绳索，将王宝捆了个苏秦背剑，扔在田地旁边的草丛里。他们动作熟练，像蜘蛛抓苍蝇一样飞快，让我们眼花缭乱不知所措。我们感觉，大春经过了长时间考虑才决定这么做的，他把王宝轰的一声扔进草丛里，拍了拍巴掌，像做完了一件大事。我们乱了一阵，无法救助王宝。在吵闹中，我们只听见王宝强作镇静在草丛里说，这有什么？不要紧，我没关系的，没什么，我想睡觉了。他真的就这样不再动弹，像是已经睡了。我们只能向他告别，跟随大春一起回去吃饭。等下午我们悄悄赶到了地里，才把王宝解开。当时已经不认识草丛里的王宝了，他的脸在三个小时里被蚊子和牛虻叮得像个猪头，眼睛肿成了两道细缝，仿佛是个面目丑陋的陌生人。这个场面，等于说他虽然一直喊着打倒大春，但他自己已经先于大春，成了个坏分子，像一个被批斗的反革命分子。

人们顺着翻松的垄趟排成一行，把泥里的洋葱归成小堆。洋葱都长得圆滚可爱，除有大量酒红色外皮的，还夹杂着白中带青色的品种，看起来都很新鲜。马车送午饭来的时候，有些人把洋葱剥开当饭前点心吃。大春在地里走来走去地看着，每发现一个，他就教育一个，让对方把手里的洋葱扔掉，吃了一半的也要扔掉。我们纷纷在开阔的田野里散开，躲避他和他的声音。他跑到地块的东边，很多人就移到西边去工作。在收割早玉米的季节里，他每天在田地前提醒大家爱工作，爱劳动，等人们一散开，他的讲话也像是蒸发了一样，大家三三两两躲在早玉米地里，视野变得窄小，周围被庄稼遮挡，看不到什么人，人人可以单独地活动，谁也管不了谁。大春在庄稼的海洋里穿来穿去，在沙沙的风声之中，有时能听到他在附近高喊，却看不到，像是隔了一个草垛或是一堵山墙，他就在附近，要找到并不容易，好像是躲猫猫，真让人感到高兴。在这个阶段，在浓密的庄稼之中，有些人一边收割，一边啃嚼甜玉米秆（也有男女打情骂俏，啃作了一处），大春是明白的，却难以发现。庄稼长得过于繁密了，谁也不清楚在青纱帐里究竟发生了什么，当我们收了几公顷旱玉米的同时，是否也播下各人隐秘的种子。大春的帆布绑腿早就被露水浸湿了，他的镰刀牢牢插在腰后的军用皮带上，挺直的腰板透出一股英气。他从飒飒作响的玉米棵子里蹦出来，给人一种过电影的感觉，仿佛他是三五九旅的南泥湾战士，或者是一位老练的平原游击队员，在一刹那你会有所触动。但想到他只是个监督管束你劳动的干部时，心里就有些沮丧。他拔下了镰刀，用刀尖指着土垄里嚼剩的甜秆渣子说：害人虫，大肚皮蝈蝈，屎壳郎，快干活吧，耽误多少工夫啦。

我们一直在体验农场的枯燥生活，美芳和根娣也是如此，别的女孩忙着恋爱，她们没太多的兴趣，她们的体态已发育得十分动人，却没有急迫的求偶需要。在收工以后，有时她们去大春家串一次门，相信这个过程，是不会有其他事情发生的。她俩明显是喜欢上了大春的小孩，仅此而已。她们常去抱抱那个小孩子，学做小母亲的样子，哄孩子玩，手工编织小毛衣，去逛一逛农场唯一的那家小卖部。孩子一直有病，才一岁多点，美芳就教他说上海话——“宝宝讲讲看……三轮车……三轮车……三轮车……”美芳说着说着，孩子就睡着了。她重复着“三轮车”这个名词，似乎有点儿凄凉，也使我们觉得耳熟。三轮车，三轮车……缓慢地，耐心地，一遍一遍。我们在心里呵呵地叹了口气，想起“三轮车”是上海弄堂里“八哥”和“鹩哥”学的鸟话，是养鸟者和鸟相互挑逗的话，就等于上海人看见猴子惯常会说：“阿三，老鹰来了！”我们想不通的是，美芳怎会移用它来教育孩子。她的可爱之中，显然是有点儿愚蠢的。她的神态，眉宇之间凝结的恬淡和愁绪，使我们无法安于现状，不免思念了一点上海的往事。那座城市里有连绵阴雨的马路和弄堂、江南丝竹，以及深夜里唱着的沪剧女角的段子，遥远的气息和感觉逐渐朝我们袭来，似乎她在召唤绵绵无尽的乡愁。所幸美芳的样子还算得上富足自得，她的身段是丰满的；她的双眸、肩膀和胸脯充满活力，似乎这些表面条件都消除了怨女的气质，也使我们常常分心去关注她这些外在特点。当她穿着窄小的夏季工作服——她的旧单布衬衣去上工的时分，王宝便按捺不住在她身边走来走去。在女孩面前，王宝十分地腼腆多虑，不敢轻易搭讪，只是把眼光静静地射过去，射过去——美芳几乎是不懂的，直到介绍人跟美芳说合，她才醒悟王宝的好意，就也立刻婉拒了，她表示自己还不太懂异性间接触的事，自己是正派姑娘，连男人的手也没有碰过，怎么可以在晚上突然跟一个男青年去约会……大家都明白美芳的回话是不真诚的，早在春季割戟柳的月份，有人窥见美芳拉着大春的手，察看他手心的木刺。那一天美芳分明是很嗲的，两人当时听到附近有声音，立刻就不再动弹（柳树很密），过了好久，他们镇静地走出柳树林子，各自走开……但现在美芳却拒绝了王宝，我们认为她只是一种表面上对男人的经验流露，不知王宝心里是否清楚。我们经常这样看看王宝，却不知道他的心情和想法，他仿佛一直默默忍受着感情打击，坚持他的单恋，每次见到了美芳，他仍然静静地把眼光射过去，射过去……相当温柔。而他看待根娣的眼神，明显有一种恐惧。可能他疑惑瘦瘦的根娣从中作梗，进一步坏了自己的好事？根娣的父母是基督徒，根娣也是个安静的姑娘，平时话不多，和气而耐心，非常理解别人，刚到农场时，因为她睡前偷偷画十字的事，被美芳打过小报告，为此，根娣写了几次检查，扫了三个月的女厕所。但她根本不惧怕，也没掉一滴眼泪，明知是美芳告的密，仍对她很好，使得美芳无地自容，最终成为好友。对这样的女孩，王宝恐惧什么？我们不知道。也许王宝是害怕自己什么想法被根娣知道，不是恨她，是担心被她发现，王宝看到她不会是恐惧，只是一种深深的敬畏也未可知。我们不清楚根娣真能洞察一切，同样也不知道王宝的内心是什么，每个人也许都那么难以理解。

我们就这样在田间平静地劳动，也经常躺在田间平静地休息。想一想每小时，每天的进程，已在田垄上工作了多少公尺（它们每一条都有两千公尺）。每当太阳缓慢下山，我们会听到鹌鹑拍打翅膀的声音，它们集聚于麦田深处，仿佛发出一阵地心深处的神秘振动。我们扔下镰刀，放平身体。土地的温暖透过每个人的脊背，逐渐传递到了四肢，有些麻木，也微微感到刺痛，似乎身体就此沉沉睡去，不会再醒来。田野逐渐变暗，麦草的苦味徘徊着，空中淡金色光焰也逐渐柔和了，像是一面镜子，流动着叮叮当当的音乐离我们远去，那是驶向西方的一辆马车，最后它消失了。此时，平静的视野中飞扬着时光的灰烬，它们在缓慢地冷淡、消退，缓慢幻灭，它们隐隐离去，逐渐在空中撕破一个裂口，以容纳我们游荡无定的灵魂。麦子整齐排列着，在落日的余晖中摆动，晚风把牛蒡、大蒲公英和麦粒成熟的信息掺和在一起。我们看到远方的雷雨云逐渐浮向此地，记住的却是垄中密密的杂草。在无数个日夜，这些田垄仍留在回忆里无法摆脱。大家磨了镰刀，铲掉锄板上的厚泥，双腿插入繁密的黄色或绿色植物里去。庄稼在啪啪地拔节，空中是它们秀穗时的气味。有关田垄的印象，将是这样永久的一种纪念了，它们的深黑颜色，葱绿，或是蜜黄的成熟色彩，使每个人铭记终生。

我们都清楚，美芳就这样成了别人梦中的偶像。我们劝王宝注意这个现实，不必折磨自己。王宝自己是清楚的，他承认这样耗着没什么意思，对身体有损害。有一次他念出了小业主曾经教他的诗，如：虎丘山出名不是高／头班快船不是摇／浪子燕青慢开拳／要男人的女子倒不骚……他请大家从中也吸取教训，这诗是经过一代一代情种积累流传的，很了不起。我们告诉他不必劝慰别人，别人没什么教训吸取，他自己应想清楚，有什么教训要记取吗？他就不说话，低着头走来走去。他一直以这些诗来考虑问题——他承认这样的恋爱难度太高，是白费精神，但是有一种刹不住车的强烈感觉，突然觉得自己没了办法，像走进了一条死弄堂，内心十分痛苦，到了实在无法抑制的阶段，他脸色发灰，闭着眼睛，像是遇到寒流袭击，搂抱棉被在炕上翻滚，喃喃说着些什么仿佛饱受煎熬，不久便会昏厥。而其实当他这样痛苦之时，他心里已缓和很多，已转入了沉睡的状态中，半小时后可以静静醒来，这时大家也静了，知道他已恢复了体力。他歉意地对我们笑着说，自己太过分了，自己是个脸皮很厚的人，以后肯定会被公安局抓走的。有时候这么诉说，就开始演节目，顺手拿了两个搪瓷茶缸的盖子，用细麻绳绑在胸口，罩了大花床单，挺胸束腰。此时此刻的王宝，显得很满足，极是兴奋，站立在炕上左转右转，摇晃身体，在昏黄的灯光下做一种兰花指给我们看，炫耀一种表演的才能。他的脸是男人的面貌，身段是美女的妖娆，极为特别。我们都感觉他在模仿一个女人的模样，或者一个女鬼附体，他是装神弄鬼，大搞迷信活动。表面上，我们根本不搭理他，同时也不免紧盯他的表情和他的身体——我们的目光当然也集中于胸前那两个搪瓷乳房——那实际只是两个坚硬的茶缸盖子，虽然是搪瓷的，特别引人注目。大家都讶异他怎么会想出这个办法，下流之极，但确实也聪明过人。他始终闭紧双眼，不男不女地站着扭动，极其无耻。王宝说，如果世上没了女人，便都没了意义，这是古代伟人的语录，是真理；而有一次却说，是那位上海小业主的语录。我们就此认定王宝是花痴，我们也都明白，他这样折腾了一会儿就好了，脸色会恢复常态，逐渐平静下来，只是他不知道，他这种经常演出的小节目已声名在外，通过某种渠道，早就传到了美芳的宿舍，清楚了王宝的为人，美芳当然不会有什么表示，绝不理会流言蜚语对她的侵害，保持沉默是女人们惯常的做法，美芳仍然平静地生活，她和根娣在一起过得很好。

我们有时在田垄边散步，看一看农场的风景和人们的平凡生活。我们吹口琴，吹一会儿笛子。太阳即将落山了，小羊羔叫着找妈妈，排着队伍的麻鸭也摇晃着往家里走。空气多么醉人，我们的心情也舒展起来。在这疏朗宁静的时刻，我们会遇到美芳和根娣，她们远远地、神态自若地朝我们走来，她们眼帘低垂，面带神秘的微笑。这种笑容在根娣的脸上，更是一种圣洁，似乎她是一位进入教堂的年轻嬷嬷。在我们交臂而过之时，双方突然不说什么话了。这种男女间心照不宣的、矜持的状态，也许是历史多年来固守的规范与准则。在每天傍晚的迷人景色之中，我们曾多次遇到美芳和根娣，但也只能让她们像小风一样擦身而过。美芳哄着怀里的那个大春的孩子，尽量使自身姿势像一个小母亲，孩子靠在她丰隆的胸脯前玩耍，也因口水弄湿了她的衣裳。她毫不介意，有时仿佛会刺激她的感官系统，使她笑出了声，仿佛这个情景是她盼望的，非常有魅力。根娣则在美芳身旁低头沉默，一刻不停地织毛衣，她正为孩子织一件大红色绒线外套，走路时也织，从不耽误。细心织一种上海正流行的“阿尔巴尼亚针法”。有时她会为这类事情和几个喜欢织毛衣的女青年讨论。她时常对孩子说，宝宝乖乖，阿姨织好看衣裳，蛮好看的，好看的……她们就这样，慢慢在我们眼前走过去了，离开了我们。在农闲时，她俩经常离开女青年宿舍，坐在大春家门口晒太阳。我们远远望去，可以看到她们，以及她们怀中的小孩，这是很合适的一幅“抚幼织衣”图卷。她们在细心照料这个大春的小孩，关心爱护他。孩子体弱多病，并不吵闹，比一般的小孩整洁安静许多。我们相信，当这个孩子学会走路之时，应该不会像当地孩子那样老是跟着运菜的马车，争夺地上那几根新鲜的韭菜去吃。美芳和根娣，就这样和大春的孩子宁静地生活着。秋天已经来临了，当我们远远地、不经意地看到了她们的劳动和生活的状态，我们发现，根娣手里那件没完工的红毛衣是最醒目的，根娣的手工和针脚不可说不精细，她也是一个粗心的女孩，她织了很多，也拆了一个袖子，她不厌其烦地织，静静地织，那件毛衣在她怀中有时变得稍宽些，有时又缩小了许多，但它永是一块鲜红鲜红的颜色，即使我们离它很远，也看得清楚，知道这是一件红毛衣，她在慢工出细活。王宝曾经忍不住对她说，根娣在磨洋工吧？要织到什么时候才算好呢？我们也这么逗她，她的脸就潮红起来（也许她暗暗画了十字）。就这样，我们远远离开了她俩，一直走到了慢坡的最高处，农场的房屋便只有火柴盒那么小了。举目四望，浅棕色的田野随风起伏，如大海一般没有边际，鹰在高空盘旋。美芳和根娣都像空气一般消失了，包括代表着毛衣的小红点，都已蒸发在远方的空气里，逐渐不见了。我们在心里哼着歌子，机械地往前方的田野走去，包括我们最后一次照料洋葱田。如果天气晴朗，远方那些集中在一起的房舍，或许会有星星般的闪光，那也许是有人正在开窗、在擦拭镜子，也可能那是根娣的毛衣针在忽闪着亮光，她手中新颖的环形针是托人刚从上海带来的新产品，亮光闪闪。我们在心里叹了一口气，根娣又织毛衣了，她什么时候才算个完呢。

过了一个月，记得是起风那天夜晚，大春的小孩染上急病，天亮就死了。当时根娣还没织完孩子的红

她不厌其烦地织，静静地织，
那件毛衣在她怀中有时变得稍宽些，
有时又缩小了许多，
但它永是一块鲜红鲜红的颜色，
即使我们离它很远，
也看得清楚，知道这是一件红毛衣。

毛衣外套，几乎不相信消息是真的，美芳也受不了这个噩耗，她们第一次接触“死”这个字，惊慌失措，愁眉苦脸，像得了重感冒，浑身没有力气，两人围着小孩，仔细哄着他，过一会儿摸摸孩子的小脸，给他洗头，抹“百雀灵”，抱了孩子一会儿。她们对这个结局非常无奈，只能给他穿上那件红毛衣，一个袖子还没上袖口，总算勉强穿上，另一袖子短了四寸，就不那么妥帖。根娣发现匆忙缝起的毛衣“方翻领”并没弄妥，要做的毛线纽扣还没有做，孩子却已经离开了她们，倍感心酸，一切都像是晚了，即使根娣再如何心灵手巧，也没时间弄好这件毛衣了，这结果好让她们伤心。第二天，大春和他的婆娘走到小卖店，要了一个装糖水菠萝罐头的木箱。他们和美芳、根娣一起，用这口木箱子把小孩装殓了，根娣把织剩下的一团红毛线也放在木箱里。夫妇两人抱着箱子走出门，按照本地习俗，不能把箱子埋葬在坟地里，没带上铁锹和镬头，只是默默走着，走了很远，经过种有洋葱的五号地，经过那块最高的慢坡，一直走到洋葱田的尽头，才停下了脚步。那儿是一片荒草，他们歇了一阵，就把箱子随便停放在草地里，夫妇俩看了那箱子一眼。在风中，草地嗖嗖地发出不安的响声，听着这种声音，他们没有说话，站了一会儿便回来了。本地规矩如此，箱子露天放在草丛中，以这样的方式处置死去的小孩，女人更容易受孕。那个时期，地里的洋葱叶还有些绿意，天气已经变凉，印着“糖水菠萝”字迹的箱子就一直露天放在那片草地里。某一天，当我们下田劳动时，美芳和根娣经过我们眼前，穿过我们所在的整个地块，赶到慢坡下那片草地看了看，然后返回。那是一片长满萱草的地方，如果是初夏，她们会采回一大捧萱草花（金针菜）作为纪念，而在这个秋凉的时节，除了草中纷纷洒落的干燥草籽，就是那口小木板箱子。她们只绕着它空转一圈，根娣把一个柳条做的小十字架放在箱盖子上，以寄托心中的哀思，她们就离开了。以后，一个割蒿条的老汉对我们说，他没看到箱子上有什么东西，已经有早霜了，木箱子挂满了霜花，像一块整齐的白石头，一个路边撞倒的水泥碑座——根娣的柳条纪念品，早就被好奇的乌鸦叼走了？还是被大风吹落？谁都明白，这片紧临坟墓的草地很少有人去逛，谁也不会提起它，想把它忘了。在劳动中，我们每一回接近这片草地，不会走进去看看，它离农场也实在太远，中间隔了几个大地块，包括我们播了洋葱的那个大慢坡，如果我们不去那地块劳动，不走下慢坡，是无法看见草地和木板小箱子的。我们不想看到它，不可能想到这个箱子。只有王宝说，天气变了，草地那儿的风，一定刮得很猛了。确实如此，天气已经转凉，植物已逐渐走过它们的轮回，看它们倒在田垄上的姿态，使我们想到春天的景象。或者想到了明年的夏天，田垄里的庄稼和那片遥远的荒草，还会重新变绿吗？

上午九时，阳光融化了田垄间的寒霜，地头已经堆满了刚收下的洋葱，有人正把它们装入麻袋，倒入围有苇席的马车上。拉车的四匹骡马打着响鼻，我们的双手、衣裤和头发都充满了洋葱的气味。这一天王宝有些反常，他已收了整整六麻袋的洋葱，干劲十足，眼明手快，不断把洋葱装进柳条篮子和麻袋，一分钟也不休息。大春注意到王宝的表现，口头表扬了他。为此王宝并没有受宠若惊，他假笑着解释说，是因为连队的进度太慢，大春是在着急的情形下才表扬了他。王宝看看我们说，时间要紧，马上就要封冻了，洋葱收不完就会冻坏，你们不懂吗？我们呆看着他。王宝说，我就想干活，快一些干到地头，可以早一些收工。看吧，过一会儿，大春就要带那帮女孩子过来帮忙了。估计她们中午就会来。我们看看王宝，他说了这个消息不久，大春果然看了看表，匆匆离去。王宝说，这个建议是他先提出的，因为天气不对，马上要封冻了，你们该高兴对吧，已好久不和女生一起劳动了，男女混在一起，嘻嘻哈哈的有多好。

这是真的吗？我们问王宝，他说肯定是真的，其实昨天他就知道了连队这个计划。他一边说，一边把土垄里的洋葱飞快捡到柳条篮子里，同时抹去洋葱的泥巴，放入篮子，另一只手已急迫地在土里搜寻，熟练而利落。是知道了大批女生要来的消息，王宝才有了这样的活力吗？我们这样想。王宝就是这样的人，他的习性和趣味有变，其实一点也没有变，他这样忽前忽后、忽左忽右地在地里劳动，怎就不摔一跤呢。我们对王宝说，假如没了女人，一切就毫无意义，收再多的洋葱也没有意义。此刻王宝像是没有听觉，没有感觉，只是弯腰奋力地抓取一个个洋葱，顺着田垄一步步前行，急于离开我们，勇往直前的样式，看他这样劳作，知道他并不是想得到什么表扬，也不想以自己的劳动态度影响带动整个连队。他并不是大春。我们无言以对，各自俯身在挖开的垄趟中，捡拾大大小小的葱头，土垄中弥漫着洋葱的刺鼻气味，使我们时常感到劳累，时常想找个地方躺下歇息，根本就不愿意这样一直往前，赶着收那些收不完的洋葱，赶去慢坡下那个终点方位，我们想知道什么？这是个容易困扰的问题，天色逐渐明亮，逐渐昏暗，我们每天就这样缓慢地出现并消失。庄稼都已经成熟，当我们收完了洋葱之后，整个大地只留下摇曳的枯草和仍然整齐的田垄，直到明年春耕，这里再不会有人来了。我们弯腰捧起洋葱，一次次装进篮子和麻袋，让马车一次次将它们运走，仿佛永无尽头，也算是向土地一次次地作别，每年必须经历这样大规模的喧哗和搬运，但是土地仍然如此，并没有缺少什么，一年年人来人往，田地依旧不多不少展现在我们的面前，想到它无尽的静态和沉默，眼前便飘来了大块的乌云，似乎大地即将爆发出雷鸣般的吼声了，当它显露出那种愤慨情绪时，有谁会为此深深地恐惧吗？为此，我们只感到一种迷惘。

我们顺着田垄劳动，逐渐走上了那个慢坡，有两辆马车一直跟随我们，等待装满洋葱，便掉头朝菜窖方向疾驶而去。接近中午的时候，我们不断地朝大路那边遥望，回头的人数也越来越多了。只有王宝在埋头苦干，一直往前收获不止，他一直是低着头说，别担心，女孩子们应该会到了。他并没有看表，低着头说，女孩子们和大春，已经迟到了半个小时了。很显然，我们的工作进度已经放慢，我们像是在等待那些女孩子到来，也已经接近慢坡的顶端了，秋风强劲地掀动我们的衣襟，吹乱我们的头发，马车上围紧的苇席也刷刷地响着。待我们走到了慢坡的最高处，一股旋转的寒风将地里的枯枝败叶卷上了天，尘土飞扬，马匹也嘶鸣起来。我们放下手里的活，回头遥望，忽然都情不自禁欢呼起来——我们和王宝等待已久的那支队伍，已经出现在远远的地头，她们由大春带队，正朝着我们这个方向移动。我们站在高处，像攻克堡垒的士兵那样向她们挥手示意，山呼万岁。我们似乎得到了谁的承认，才这么大叫大喊，蹦蹦跳跳，在混乱之中，我们都以为王宝的喊声是最兴奋和强烈的，而实际上他一点反应也没有，没有丝毫的感觉。他背对着我们，面朝慢坡草地的方向忽然站立起来，他没有回头，像什么都没听到，他的眼睛凛然地直视前方，脸上带着少见的棱角，一言不发，汗水顺着发际静静流淌下来，似乎是遇到什么劳作的极点，即将崩溃一般，他一定听见了大家的呼喊了，已经知道大春和那些女孩即将与我们会合，但他并没有高兴，也没有转过身体，像是极其紧张。我们走近他说：王宝，怎么啦？我们还打算再说一些什么，但就是在一瞬间，在一时之间，什么都凝滞了。我们一眼看到在慢坡下方不远的那片草地里，有个穿着鲜红色毛衣的小孩，稳稳地站立着，像是倚靠背后那个罐头小木板箱子站着，两脚竖在地里不至于倒下的样子，孩子的躯干是僵直的，有一种玩偶、稻草人的木然和死板，两手抱胸，看不见毛衣的袖口有什么缺点，看不见织剩的那一团大红毛线有什么牵连，毛衣仍然鲜红鲜红，一点没有褪色。小孩一动不动，但他的头发随风在动，草也在动，如果我们不知道这孩子早已经死了，我们仅仅是一群过路人，我们会以为草地呆站的这个红衣小孩是活的，是在呆呆地等待着什么，看着什么，希望什么人的到来，他就这样，已经站了有多久了？我们根本就不知道。此刻，我们立刻想到了大春、美芳和根娣，明显感到极其的寒冷，感到神志错乱，我们看着不远处这个模型状态的小孩，浑身那一块鲜亮鲜红的色泽，我们的口中只是喃喃自语："这是怎么了？这是怎么搞的？！"

方岛

方　岛

老莫年过五十，已经真的老了。他磨出的镰刀锋利无比，但已经割不动垄。每天清晨在麦地里站着排队，等队长分配的时候，他的背就像麦垛一样拱了起来。队长的眼光很平静，很自然，但这眼光表明老莫已经活不了多久，也许下晚收工，就得被人拖着双腿，拽出田垄去埋掉。想到这里，老莫心里漾上一种说不出的感觉。他在胸口摸了一把，碰到枯干的皮肉和一根根树杈样的老骨头，脑袋里空荡荡的。

老莫忘了农场“改造”的那个日子。除了知道这年头农场饿死人，猪吃煮大粪之外，什么都记不真切，也不打算记住些什么。

队长让人在麦地里搁一张板桌。把这伙人每日的四两口粮做熟，堆在这板桌上。人们谁先割近桌子（通常在晌午可以到达），谁可以撑个饱。割迟了的，就少吃以至饿饭。老莫来到这新地方，很快就习惯了这新规则，并由此也吃到过几回干的。他已经好久没吃上干的了。但是老莫毕竟是老了，只要耽误一顿，第二天就很难缓过劲来。队里这伙三老四少，一个个饿得小脸漆青，但埋腰干活一个赛一个。老莫在留场前已摔打过五年，也饿出了锁子骨，可是如今已经没有底气没了长劲。昨天早早磨利了镰刀。好容易抢到桌前塞了几口窝头，就被赶来的一个匪坯子给包了圆。这就是读书人的苦楚。但他不丧气，也不忍心轻易就交待这条老命，不想早早饿死。

他开始以为，队长的新法是调动大伙的积极性，但后来又听说不是这码事，队长心火旺哩。没见队长常揍自己的娘儿们吗？说那女人的肚脐眼是歪的，生了五个丫头片子，也许生不了小男孩。队长就牙痒了，揪着女人的头发，不吭气地揍。可女人像头抹脖子挨宰都不吱声的笨羊，连个泪花儿都没有。这年头人人饿得精瘦，老莫不明白队长的力气是哪来的。现在，这女人总算又怀上了。瞧着她干柴样的身条和那个才倭瓜大小的肚子，看着心里都难受。

老莫一把一把地抓住麦子，一把一把地割。从他这里望去，板桌依然那样遥远，似乎割三天都到不了头。他很想知道今天桌上摆了什么。太阳明晃晃的，桌上也黄亮亮的，射过来几束金子般的光彩。大饼子和窝头吧？没错的。他这么想。要是今天能捞上一顿，吃了个半饱也就满足了，现在已是饥肠辘辘，没有一丝力气。这样痴想了一会儿，他猛然发现别人都上了前头，自己竟处在倒数第二的位置。他觉得很伤心。从上学、坐牢，到改行务农，他还没得过这样糟的名次……吃什么呢？饿死？——肚里那个讨厌的胃一阵阵活动起来，唾沫立刻增多了。除了那桌子上的食物，还能吃什么？泥土还是……麦穗？他蹲在地上，眼睛死鱼样地盯紧黄灿灿的麦穗不肯移开，他很想吃里面的麦粒，麦粒嚼着嚼着会黏糊起来，变成一个清凉的小面团，但是他知道吃这东西的后果，想到这儿他有些生气。麦粒不是自己的，自己的口粮不是没有，它在桌上摆着，得靠劳动去获得。他喃喃地这么嘀咕着，又割了起来。这时他的手臂没了知觉，割下了麦秆，手掌松不开；等松开了再抓，又抓不紧……

他心里叹息，明白只有今晚上那顿稀粥了，迟早要吃完，不是初一，就是十五……他虽然这么颓废地想，但是镰却没有停过。这么紧割慢割，渐渐在麦香里嗅到一阵别的气味，很刺激诱人的气味。他发现在麦秆上吊着一个拳头大小的草窝儿，剥开草窝，里面躺着六只嫩红的小鼠崽，这嫩红色和奇异气味引起了他的食欲。他把这一团小东西弄到手，提起其中一只在太阳里照了照，那种通红通红的光亮，使他的两腮溢出了过多的口水，他迫不及待地把它囫囵吞下，觉得这食物滑软细腻，在安慰抚摸他干燥的食道，在动……他嘴里呵呵地吁着气儿，又吞了三个。我是猫，天生是吃这东西的料。他默默地望着手掌里两只还没睁眼的小东西，这么样想着。这时，末尾那个满脸菜色的书生割过来了。老莫迟疑了一阵，就让他看手里的东西，并往嘴里比画着。可那绿脸家伙松开了镰刀，突然闭死了眼睛，弯下腰杆呕起来……

老莫没有再说什么，顺着垄趟又割开了。现在他觉得胸有成竹，手臂的肉又活过来了。眼睛明亮了些，鼻子也灵敏起来。虽然他中午没捞着吃的，但并不像早晨那样饥肠辘辘。干到天黑，割了近千公尺的麦。还获得六只鼠崽。他脱下袜，把这些吃食小心掖好藏着。自己有了主心骨，有了希望，回场的步子也不再拖沓了。

他喝了晚上的稀粥（那是份子饭），撒了一泡白尿，就立刻躲进被窝睡了。他明知道自己睡不着，心里惦着的是那些鼠崽子。袜袋里发出轻微的吱吱声，摸上去发烫。这家伙。他心里有些快乐地这么想。这样好了，他不会死了，活着吧……他把自己的粗手指伸进袜子，挨个地摸着这些小东西，发热的，嫩生生的，像是一个个精心做就的小馒头，专为他做的小馒头……于是他挑出一个，迫不及待地吞下去……

第二天，老莫自觉身上有了劲儿。他的镰刀磨得削发如泥寒光闪烁，腰也变得柔软轻松，转动自如。麦秆似乎还没碰着他的手和镰刀，就自动地倒在地上，自动地捆成了麦捆子。他闷着头割，胃里泛上来一股新鲜的、带有甜气的味儿，这味儿诱使他往前赶，什么也阻不住他，累不着他。等日头当午的时候，他竟然发现自己割了个第二。他有些迷惘，他活到现在从没有过这样的好成绩，以至于呆在原地痴怔起来。但队长叫他了。他应声迈着小步儿低头走近那板桌，在队长的眼光下面有点慌乱地开始吃饭。他才吃了两个窝头，吃了几口长久没吃着的煮面葫芦片，肚子就饱了，还有些不舒服。他很想看后头那个绿脸书生，但知道这里是只能吃不能拿的。于是快快地抽

队长让人在麦地里搁一张板桌。
把这伙人每日的四两口粮做熟，
堆在这板桌上。
人们谁先割近桌子（通常在晌午可以到达），
谁可以撑个饱。

出别在后腰的镰刀，回到自己的垄趟里去。……第二名。他心里喃喃地这么说，觉得非常高兴，现在他可以放慢些了，大伙吃罢饭都是不紧不慢地干，不忙，争的时辰已经过去。但与此同时，另一件诱人的、秘密的喜悦又从他的脑海里偷偷溜出来，占据了他整个心胸，不由得脸红耳热。他死不了……活着吧。他想。这时，他的眼睛和鼻子又开始机灵地搜索，相信这件事已使他得到快乐，使他激动得浑身颤抖不止……

一下午，他抓了五窝鼠崽。这一次他没有把这些小东西赤条条地装进袜袋，而是并成两个草窝一起装入的，这样它们暖和一些，不会吱吱叫唤和扭动不停——今天早晨，他发现剩下的那几只已经死了。他觉得吞下那种僵死的生灵稍稍有点不快。

翌日竟得了第一。队长露出惊异的神色，在板桌边打量老莫，然后到他的麦趟子里去瞧过一次。——我还没老，没活够哩。老莫心里这么唠叨。瞧住了满桌的窝头大饼子。他的眼睛给晃得眯成两道缝子，他明白金子的光彩一定也不过如此，但是金子值不了这些东西。当他的手摸到桌面上的食物时，他的心怦怦地跳荡了。是的，自己在名次上似乎有些不诚实，像以前自己的学生在考场上作弊那样不诚实……但这种想法立刻就滑落下去，模糊起来。这些都是多余的了。现在没有这么些个讲究。他突然觉得，自己什么都吃，能把这一桌的东西全吃完，吃到嗓子眼，撑破肚子。

——三天里都得了第一。

“——你不错呵！”队长说。队长的眼睛里有一丝愠怒表情了，像是说——干吗平时不得第一呢？这针尖儿扎到老莫的心窝里，使他茫然。明天别这么干了，不能太露骨，得个第二、第三，就是“打狼”（末尾）也不打紧，不是有那份外快么？他郁闷地想。但是，到了翌日早晨，当他在淡雾里看见前方那个模糊的板桌，看见同伙闷着头飞快地往前割的时候，他的脑袋就发热而失去任何杂念。这平展展的麦地，割不尽的麦地，像一个海，而那个四方板桌无疑是个极乐之岛，天天都得在这稠厚的海浪里折腾一回，游哇！割吧。他汗涔涔地这么想着，哈下腰攥紧镰刀把。

毫无疑问，这板桌得一直摆下去。摆过了麦季，还有大秋……然而，没等麦子收完，老天爷却开了眼——队长的娘儿们早产，生下一个小男孩。队长的脸舒展了，隔三岔五才到地里来转转。那板桌，自然也撤了下来。由此这伙人才算各顾各地吃四两粮食，谁也不能抢了谁的。虽然这帮人中有不满意的，但大部分却在谢天谢地，似乎是感激那孩子的造化，说他是及时雨也不过分。

老莫也舒了口气。他有他的算盘，队长不在地里看着，他可以放心地多弄些外快，每天再佐以这份口粮，已经够富裕的了。他弄了个纸盒悄悄塞在自己的炕旮旯里，把这批货贮存着，就像私粮那么囤着。有了这些东西，还怕他扛不了日子？……每天晚上他在被窝里躺下，倾听着耳边那哼哼叽叽的声音，觉得很安稳，很满足，他已经习惯了。

收了麦，队长娘儿们已经抱着孩子四处转了。这女人现在虽不遭打，可仍没有养胖。肩头瘪着，脸上留着褶，敞怀奶孩子时，她的一对黄奶子露着青筋，在秋阳里松疲着，没一点精神。那孩子也特别地细弱，连咂奶的力气都没有，闭着眼，手指又瘦又红，连一根毛发都不见长，就这么蜷在女人的胸口，身子一颤一颤地吸气，哭起来发出吱吱的声音……大伙忧心忡忡，说孩子看样儿活不长，得死……老莫闻声也往女人的怀里瞄了一眼，不知为什么心里格登地一撞。他发痴似的呆在一边不动了。他仔细看着那精致的小手，小脚丫儿，一颤颤的小肚皮，恍恍惚惚觉得他吃过这东西，知道这东西是什么滋味。嫩生生的，还没有长毛，闭着眼吱吱地在草里动，小耳朵透着暗红色，他的胃脏就活动起来，泛上一股带腥味的，复杂的气息。背后似乎出了一通冷汗。喉头里有只轻软的小脚在蹬动，在骚扰，扭着身叫唤。是婴儿微弱的哭声。他的眼前一黑，赶紧蹲下地，一口一口地吐着口水……

老莫觉得胸口透不过气来。——总得活呀。他听见心里这么喊，但没声音答应。他勉强摸到个草棵里，就很敞快地全吐出来了，等看清那摊乱糟糟的东西，他只得闭住自己的眼睛……

老莫就这样病倒了。两天里什么也不吃，老打着饱嗝儿，嚷嚷要水漱口。在迷糊之中，常听到耳旁一片吱吱的叫唤声，看见那些暗红的颜色在眼前流动，往他的嗓子眼里流。那种气味从开始产生就一阵阵熏来，不再消失……板桌顽固地站在地里，桌上有金晃晃的，诱人的窝头。他奔命似的往它割过去。麦子像大森林一样，割得他气喘吁吁，镰口卷刃。他磨了割，割了磨……好容易够着桌子，见队长呆望着自己。桌上没有窝头，没有金子，有的是一个死婴和一堆死耗子……你也死吧，不积德的东西！这个声音在桌面上倾泻下来……他的肠子在往死里绞，胃在往死里疼。但是他不舍得让步。

虽然这个人昏昏沉沉嚷着要活，但谁都明白他已经死了。人们把他抬到一间坍顶的破屋去，让他在那里随便地哼叫，随便地散布死气。

他躺在那儿望着天，知道腔子里正在迅速腐烂，但是腰腿还行，还能割一阵子。得靠这腰腿存住自己，留在这世界里……蹭镰的声音又断断续续响起了。麦子在哗哗地倒下，散发出凉爽的香味……割呀！他的周身都流出滚烫的汗水来了……

傍晚时分，一场夹雹子的冻雨，把他激得坐立起来。他在冰水里爬动，拼命往宿舍爬。他想起一件已经遗忘了的事……等他在炕旮旯里好容易捧出那个纸盒，就大喊了一声，像是捧着烧红的铁块儿。

——盒子里有一摊辨不出黑白的东西，已经高度腐败，气味异常。

老莫总算是勉强还了阳。但他已经衰老不堪。吃饭时，他有点儿疑神疑鬼，不敢狼吞虎咽。他害怕耗子。嘴里絮絮叨叨地说个不停。他的胳膊腿已经完全老化了，只是那胃脏经过一番折腾，变得非常坚韧而容易饥饿。

老莫叹自己不能做一只真猫或者真狼来过日子。做人太艰难了，但自己偏偏就是人而别无选择。他可以假想自己有一个猫胃，但是无法假想有一个猫脑袋和猫的心……至于狼，就更不容易；这流浪汉饿急了眼，可以吞下冻硬的牛粪……因此连假想有个狼胃都不可能。一顿四两虽够他苟延残喘，但是再来一次竞赛会怎样？他似乎看见板桌迈开了四条腿，像马匹一样渐渐朝这里走来。某天他背朝青天之际，一定是自己身埋黄土之时。

不过，老莫及时打消了这个念头。不会再有竞赛了吧，队长已经有了孩子，板桌儿好好地摆在队部里。他想。他能认出桌面上有几道口子几个节疤，烧成灰都记得，但现在该忘掉它，它还有什么用呢？

他的担心并不多余。

此时已届大秋，地里的谷子和豆类已经成熟，密密层层地等待收获，可是，人们在磨镰时传开了这样一个消息——队长家那个小男孩要死了。

这话像抽了老莫一鞭子。

胡说八道。老莫暗暗地想。咒死那孩子有啥好处，准是那几个想摆桌的家伙想昏了头，才巴望这好孩子死，想吞了这鲜灵灵的孩子……这是谣言，小东西没有离开娘，有奶咂着，有衣裳裹着，怎么会死……想着想着老莫觉得有愧，觉得挺对不起这孩子似的，那孩子和女人似乎也在暗处冒了出来，娘俩又白又胖笑眯眯地朝他咧嘴乐。老莫睁大了眼想着，觉得心里安宁多了。他确信这是胡诌。

翌日是割地的天气。人们在褐黄色的豆棵前一字儿排开，泥土和秸秆都凝着一层薄薄的早霜，已经是秋凉了。大伙割得十分地郁闷，没有谁说一句话。渐渐地，太阳升起来了，地里漫开了雾气，雾气里蠕动着人的身影和镰刀的光亮，湿漉漉的。老莫一夜没睡安稳，割得很缓慢，他脑海里一直浮着那母子俩的模样。豆秸扎得腕子出血，拉出一道道褐红的伤痕，但一点都不疼痛。“谣言”，他又重复了一遍……他直起腰，呆呆地看着这寒雾……渐渐地，他看见那女人抱着孩子从雾里出现了。身边有一个黑影跟随着，发出这种金属声……老莫瞪大眼睛遥望，女人的身子在秋阳下映出一团红光，把他的眼球刺疼了。她款款而行，变得格外肥壮饱满，腰粗如牛，胸脯鼓鼓囊囊，面如桃花。老莫的头有点晕眩，他揉揉眼睛。不是做梦，没有看错。那娘儿们怀里是有个胖小子，端端正正、年画里抱鲤鱼的胖娃娃，小家伙沉甸甸像个小面口袋，咧着小嘴冲他乐着，在雾里咯咯地乐着，没有回声……

“……得埋了这孩子。”他听见嚓嚓的镰声里有个人这么说。

“埋了。”有人闷声地附和着，淹没在镰声里。

“——坏人。”老莫对着褐沉沉的豆子地说出这句心里话，他想责问说话的人。他看见人们突然停下镰，直了身子在各自的垄趟里十分惊讶地看着他，那些脸又瘦又窄，很像一把一把铁青的镰刀。镰刀盯住他注视了一会儿，又弯下去一拱一拱地割了起来。……死不了。老莫重复着对那些高低撅着瘦腚的说。但没有人回答。

……桃花粉是粉，白是白。老莫惦记着，转过身寻找那朵桃花，年画里的胖娃娃……但桃花已经被雾气团团裹住，看不清什么了；而靠近她的黑影却逐渐清晰，金属声也历历可辨……一个伴着雾团的男人在蹒跚，男人手里拖着把铁锨，他们走过豆地，走到白雾迷漫的荒草甸里，终于再也看不到了……

谣言。老莫心里喊了一句，就一头栽在潮湿的豆子地里，什么也不知道了。

人们闷坐在黑屋里，透过这厚坯墙，透过稠糊糊的夜，想象队长揍那瘦娘儿们的情形。这个男人拽着女人的头发不吭气地打，女人仍是一头挨宰不吱声的笨羊，不会声嘶力竭地喊……空气里有拳头的闷声和女人心跳的咚咚声。有人凑近月光开始磨镰，刷刷地磨着，像在磨一件很奇妙的宝贝……又有一个人在磨了，又一个人。唰唰，唰唰的声音，很平静很自然的声音……

只有老莫没有磨。

磨快了并无用处。活吗？他嘀咕着，但没有谁来应他。他吃力地站起来，全身吱嘎作响。……一个红通通的、嫩生生的娃娃，不会死。他摇摇头，一步一步走出了屋子，他看见月光倾泻在队部的那张板桌上面，板桌空无一物，他很想去摸一摸它，不信上面会这么干净，连个粮食渣都没有，但是板桌迈开四条腿，像马匹一样消失在夜空里……他不觉得高兴，也没有悲哀，一步一步往荒草甸走，于是那个谣言又飘了过来。谣言，他不禁追那声响，微风凉飕飕刮进了他的嘴里，留下新鲜的豆秸香味，留下一股引起他回忆的、使他发冷的气味……他瞪大眼睛，在甸子里摸索，终于找到了那个疏松的土堆。那里有一个稚嫩的声音在吱吱呼唤，在笑。他蹲下身子，不顾一切地扒起土来。活着就埋了。活着干吗要埋？他心里只有这句话……这不，他看见那个小身子了，小身子不安地扭动，很温暖，散发出一阵柔和的桃花香气，小手在摆着，小腿在蹬踏……好孩子。他喃喃地说着，把他捧在手里……

老莫把骨瘦如柴的死孩子捧着，在月光里细细端详着……

老莫捧着那个孩子。

标本

“我们可以讲讲过去的事了。”我对黑荑说。那两匹白马待在晦暗潮湿的大厅深处，仿佛大汗淋漓。在这低气压的早晨，博物馆没有电，整座镶有繁琐石膏花饰的楼宇也像是一具标本，梅季的水雾细细凝在石造窗户的铸铁栏杆上，肿胀起来。

“那份公函与我们无关。”黑荑说。

我发现她颧骨处依稀有些红了，她在为身边的白马做那点最后的工作。白马肥瘦适度，加上大厅深处的两匹白马，一共是三匹，那两匹正硬硬地立在阴暗的细木地板上，几乎看不到玻璃假眼的一丝泛光。身边的这匹，以后也会这样立着的，也许将钉在大木箱里运走。那些假眼赋予马匹同样的沉默状态。“假眼只有这一种样子。”她回答，她垂着头，细密的发根浮起缕缕福尔马林的药气。这是令我难忘的景象。她注视着白马，一种本属男人的惶惶与沉稳，在她细腻精致的瞳仁里反复涌动着。黑荑的胸基本是平的，粗粗的腿，腰的线条柔和，在她平坦的腹部，沾着些许马的白毛和擦拭马毛留下的清洁剂碎屑。在这座梅季的厅堂里，近处这匹马与远处那两匹马儿，都留着窄窗淋淋的光晕。马的分量太轻了，当她移动马匹庞大的躯体时，马蹄磕碰了精细、陈旧、华贵的栗木地板。这种飘渺不定的声音，如同远处两匹白马梦里的碎步，这是死了的声音。

我有时会偏离黑荑的马，想到自己借住的房子。这是一所有数棵楝树的阴暗宅邸。每至深夜，响声悄然掠过这些树木，逐渐掀动层层的瓦片，然后滑落到屋脊北面去。在我的大门口，锈蚀的信箱扇动它残缺不全的铁片……每至月色姣好，这个等待中的铁盒子吐出甜润的金属响声，楝树沙沙摆动着，瓦片也动，河上难闻的暖风笨拙浮来，这艘想象里的驳船压灭一切声音，直至夜晚臻于圆熟。

“我想祭扫丈夫的那个地方。今天是几号？”

“今天不是小寒死去的日子吧。”我答。

“……如果真去看他，顺便也替他买些什么。你一次也没有去过。检查处有些限制，少带些也好。”

黑荑没有就此停止她的疑惑，她重复讲祭扫的事，讲好几遍。我没有再坚持，后来，我甚至觉得小寒已经被装在一辆白色汽车里了。车子开出守卫森严的黑门，逐渐远去。监狱有三道铁门，最外围那道著名铁闸连接无数个电铃，当它徐徐升起便会听到一片铃声。铁闸在缓缓舒展，除了白汽车的近景，我还看到闸内一辆装满铝饭盒的板车无人看管，正顺监房的铁栏慢慢滑行，上面的竹筷一路洒落，地上全是筷子。闸口飘来热腾腾的饭菜味。电铃声，白色汽车和铝制饭盒飘着，铁闸缓缓降下……

我定了神，看清眼前只是白马。另外还有两匹正在大厅深处，一共是三匹马。

黑荑说，早晨还想了坟的样子。“很普通的，同公墓办事处拍的黑白照片差不多少。永久停放算不算贵？”她问。

在那个颇为关键的早晨，小寒毫无预感地同平常一样出门送报和邮件。他骑着所里一辆旧车，车头的邮袋鼓鼓囊囊。他有点漫不经心地蹬车，看着颠动的邮件，他是个溃疡病患者，小眼睛，很瘦。

那个早晨黑荑也毫无预感，邻居说她引蜂窝煤的木柴太潮，房里全是烟雾。黑荑用扇子拍打炉子，声音也同平时一样，后来警察就来了。警察让她把炉子弄到外边去，她拎起炉子，脸埋在烟雾之中，只看得见她结实的腿，她的脸根本无法分辨。警察在房里到处翻找，后来查到了那几大捆信件，还有一个落满灰尘的帆布邮袋里也塞满信件。小寒和黑荑是分开睡

她身旁的白马显得饱满，
肋骨在胸腹部一条一条隐约可见。

的，警察要看她小床下的东西时，她的眼泪在眼眶里打转，大概是烟太熏人，有些不舒服。床下实际很干净，但警察看到一个粗糙的小箱子。黑荑建议警察最好别动那箱子，这与小寒无关，是很久以前，小寒寄给她的东西，现在属她所有，别人不能动。警察推开了她，请她立刻离开这个房间，她就离开了。警察用工具撬那箱子盖，箱子上还留着过去发黄的邮寄标签和小寒的字迹。警察已经认出是小寒所写，那些一英寸半的锈铁钉一个个弹跳出来，木板咯吱响个不停，有块板的碎裂腾起尘雾和淡淡的松香味，数年不见阳光，小箱里那只啄木鸟的标本已经朽烂散乱。警察蒙着手套的手指触及这一团衰败的鸟羽，鸟尸就散发出难闻的气味，鸟羽黯淡无光，成团状的碎屑旋转着涌出木箱子。警察退了一步，鸟羽纷纷扬扬，在很短的时间内都褪尽了，裸露出斑点密布的皮肤，形销骨立。这只干瘪的鸟尸抓紧一截蛀空的白桦树干，保持原定的姿态。鸟头是一对黑色眼窝，在不算明亮的室内，它比活着时缩小了一半。

这是小寒心绪恶劣那年做的，是用盐巴腌制了这个草率造型的标本。难以相信黑黄会收到这个木箱，并在数年之后和小寒结婚。这像是定情之物。

微风中的信箱，彻夜扇动铁皮的锈蚀翅膀，其时我常在盘算怎样将它拆除。但到了白天，我又十分懒散，它迟早会散落在地的。它与我无关。

“你要锁好信箱。”小寒曾这样叮嘱着。

“什么？”

“我的信箱是用柳桉木钉的，上了锁。”小寒说，“也许这里会有我的信。”他替我关上吱吱作响的信箱，弹了弹那铁皮门扇，锈屑沙沙地散落下来。

在我借住的这所阴暗的屋子旁边，几棵楝树的树荫盖着小寒和他背后的大门，他的眼看着我，“要锁上它。”他说。同时折一条树枝拴好信箱，弹了弹这个铁盒。“也许会有信。”他说。

“我能看吗？”我问。

“随你的便。”他答应着。

在一个黄昏时分，雨点打在这铁盒上嗒嗒作响，我打开箱盖，几乎没注意到里边的一个白纸封套。街上的梧桐水淋淋的。我靠在门边的走廊上拆开信封。我看清楚这是一份寄给陌生人的与我无关的公函。

一份列有被抄书目的清单，已经发黄，右下角有签名，是很工整、适中的汉字。

另一份附件是标准公文。

“请在某月某日去某地照单认领发还图书，过期不候……”

右下方是发函机构的名称和地址。

小寒已在牢里了。我只能赶到黑荑工作的这座石造楼宇，我第一次看见阴暗大厅中的黑荑。她的那几匹马还凌乱不堪，几乎是一些皮张。

黑荑在工作。这份公函在我手上捏着，泛黄纸、陈旧的签字、一个陌生人的气味。我想到自己在走廊上拆信的样子。梅雨季节的黄昏极其短暂，走廊显现出过去某一座房屋的景象。小寒已在牢里，他不会来替我判断信里会有什么。走廊的桦木地板已经朽烂，上面仍有一圈一圈的圆锯痕迹，那可真是一条糟糕的通道。小寒常倚在那儿给一些信件的主人写点什么，这些想法与感受写在双格报告纸上，然后寄给面貌模糊的老妪少妇或某个痴情男子，以期回音。这是乡下时曾尝试过的事情。可惜他现在无法同我商量些什么了。我听到小寒在大厅深处咳嗽了一声，雪地里马匹的蹄声与压雪板沙沙沙轻快的摩擦声再没有出现，他不会坐那种马拉雪橇运送邮件，习惯如此。

再一次在黑荑面前展开发黄的清单，我见一些书名确实被虫蛀了，是一些细密的洞。签名此刻融成墨黑一团，只存有梅季的潮湿。雨已经住了，霉味四起，从冰凉的楼宇里跑开。

“小寒在的话，他会把这封信揉作一团。”黑荑说。

“我不知道他的事。”我详细回答对面警察的秃顶。秃顶用手帕来回擦拭制帽的里子，眯着眼考虑我的证词。

“小寒过去也送信，这些邮袋和信是他乡下带回来的，进城以后他就洗手不干了。”

“是进城后结婚了才不干？怎么不清楚？你们是好朋友，他为什么要干这个，说说。”秃顶戴上制帽，“他们夫妻关系怎样？”

“过去一直通信。挺好。”我不再去看制帽，那制帽实际就看不到了。小寒的马拉橇在荒野里越来越遥远。

“他们夫妻不吵嘴吗？”

马拉橇穿过散落着柞树残枝败叶的雪地，马蹄闪闪发光，可以看见蹄铁雪亮，上面散布着几个乌黑的钉眼。

“说一说，也是为他负责。”

邮袋绿油油嵌在白雪当中，可以一直望到它逐渐消失。小寒早已经望不见了，邮袋里也许有他没有查出的香书艳笺。一切在逐渐消失。这个帆布口袋越来越小，热烈、凄苦、含蓄的口袋，在视野里消失。小寒在这条漫长的驿道上行走，他完全是个乡邮员，但有谁知道邮袋里哪封信会石沉大海呵。他是个溃疡病患者，长着湿润细小的眼睛。他怕冷，在他的椅子与马拉橇的左侧，铺了马倌送的棕色马驹皮。柔软、脊背处有黑纹的皮张。他脸色阴沉，细细阅读来往信件，浊汗从他额头滚落下来，滚落下来……目睹他把僵死的飞鸟草草塞入木箱之际，他脸上浮起两朵红晕。他的内衣口袋藏有一些信件，他枕在被虫蛀透的那截大杨木段上研究这些信。这段日子秋高气爽，蓝天又深又远，周围凝聚着浓郁的、杨木汁液的难闻气味。他靠在杨木段上，他的脸因这截残木的千疮百孔而细腻动人。时而有汗珠一颗颗滚落他明净的额头。我有点冷。天可太蓝了。他说。这串残存的话一直相伴他喃喃重复着。他枕着千疮百孔的杨木段，在刺人的杨木汁液熏陶里重复着……

“我确实不明白他的意图。”我说。眼前的制帽渐渐看清了，很普通的样子。

“他现在仍在截取他人信件，你不知道？”

“回来后我们很少来往，谁都这样，这年月很忙。”

堆放在屋角大捆大捆的邮件散发出无数陌生男女的气味，填满制帽的房间。信件保存完好，像是被小寒做过多次细心的整理，是他私定的财产了。制帽开始觉察到房间充塞着的绵绵情话，他渐渐烦躁不已。“好吧，你在笔录上签字。这里。”他说。

马拉橇是单套的，马拉着小寒和邮袋掠过雪地，整片原野只有这点掠过的绿色。狂风大作，柞树的残枝败叶消失了，马和小寒成为一枚小点子。

“回去后不要乱说。哦，对他家女人也不必讲。”

我走到路上，黄昏正在来临，那杨树汁液不再浓烈熏人了，天际也丝毫不见蓝色。我只带回了众多男女的味道。留在那批信件上现在和过去相杂的味道。

“我想去拔草。”黑荑说。

她的瞳仁呈灰黑色，涌动着惶惶与沉着，这使她看起来更为消瘦。当我和黑荑失魂落魄，从公函指定的那所大房子跑出来时，我已经发现她在消瘦。“实际我们可以不去那地方，不是我们的事。”我后悔莫及。

四壁铺满繁琐的石膏花饰。我在白马之间走动，我真后悔带黑荑去那个地方。地上摊有某些动物的皮张，几座呈树枝状或作奔突状的金属支架立着，等待黑荑去包裹，敷上这摊兽皮，做成这具白马的标本。食肉和食草动物的玻璃假眼分别存放在几个盒子里，很乱。我抓起重重的一把，它们很凉爽，潮湿滑润，那颗奇怪的灰黑色假眼深邃无底，角膜下放射排列着一道道的金丝，仿佛有无穷的变幻。我和黑荑一起去郊外那所大房子时，她忽然说起假眼可当纽扣使用。我发现在她身上忽闪着的，似乎就是这种假眼，很是灵动。她的眼睛恍然也聚着金丝，似乎是与那些假眼浑然一体。

当时我们打开了地图，她的手指在地图上盲目地划来划去。纸上的城市显然简单明确得多，给人以空旷的感觉。这座城垣仅是一些红绿色的文字与线条，看不到人的身影了。信上所指的那个区域，标了淡蓝色，这是一种我向往的颜色，上面画着一座精巧的小宝塔和黄瓦红墙的那间古国庙宇。黑荑看着地图，明显感到意外的样子。阳光穿过她消瘦的胸脯，在逐渐移动，假眼放出珐琅质的窄短光亮。“我们怎么去。”她说。颧骨处依稀红了。

“我们可以坐这些车辆。”我的手在地图上划来划去。当时我觉得这是安慰黑荑的唯一办法。

小寒剃了头，会见处的灯照清他胸口的号码，他站在那里，眼睛平视着我，长久地一动不动。

“我收到一份公函，在我那信箱里发现的。”我说。

小寒的脸前有方格的铁丝网，他的五官占据着某些方格，嘴角的楔形线条被打乱了。

“为什么要吞下筷子？”我碰了一下铁网说。

小寒站在那儿。

小寒也许在面对当年的黑色丝网。我曾经见他撑开帆状的这张网，蹚过苦艾丛，朝松树林走去。“去网鸟。”他喊。他那时的小屋暂时无人领取信件，走廊铺着桦木板皮。布局同南方并无两样，只是桦木容易朽烂，上面留着一圈圈圆锯痕迹。糟糕的通道，我一直有这个感觉。我站在这儿，能感到远处啄木鸟咚咚的敲打声，树梢晃动着。小寒的椅子和夏季邮车的左侧，马驹皮还留着一排童稚的小马鬃，松软的鬃毛。

“忍受不了。”会见处的灯照着他直直的脖颈，“我当时发冷。”他一动不动地回答。

“再怎么也不该去吞筷子。”

“最近你们好吗？”他的眼透过铁丝方格。

我记得他捏紧鸟喙的气孔，啪啦啦。黑底白花的一对翅膀风轮般转动开了，越来越急骤，鸟的红顶子细毛蓬松笔直，渐渐又倒伏下来。那间有走廊的小房寂静无声，附近的弯角阉牛与狗在孤单走动，听到牛舌卷草的声响。鸟的腹腔鲜艳凄凉，也许是触及了肺脉，鸟叫了一声，大张破开的腔子，不再动弹了。他往鸟胸那一对紫色肌肉擦了些牛槽里的盐粒。尽管天气干燥，他感觉手指仍发着黏，四处飘着苦艾和杨木气味，手指很红很湿。他在鸟肚里胡乱塞些干草，枝叶被粘带出了好几次。阉牛还留在原处，狗朝附近假假地看几眼，跑近来盯着他，他只得把地上的鸟内脏给它了，还让它舔手。

“别再想死了。”我说。

我想到他的内衣里曾经藏有很多信件。他叼着一寸半的铁钉，重重敲打那个即将寄走的木箱。标本鸟在箱内抓紧了树干，嘴喙插入树干，尾巴贴紧树干，垂直着做出我们树下见到的样子。

“我不再给她写信。”他说。锤子重重敲打箱盖。“我已好久不给她写信啦。”他草草在箱子上写黑荑的姓名和地址。

“她准会喜欢？”我问。

小寒不回答，只把木箱放入邮车的口袋里，然后坐在左侧的马驹皮上，马停止咀嚼，双耳向后倾听，然后跑动。整个冬天马车闲置，车轴干燥，现在吱吱嘎嘎压过草艾丛生的小路。“真不懂你在做什么。”我跟着车慢慢走，后来站定下来，让马车远去。回过脸，那面黑丝鸟网还躺在草丛里，牛舌在卷草叶，单只的狗跷起腿尿尿。

“你把一切都搞错了。”我对眼前的铁网说。警察在会见处的门外来回走动，像是钟摆一般。“有事吗？”

“我觉得冷。”铁丝的网面溢漏出这些陈旧的残句。

我往后走了几步，会见室的灯光太亮了。“再见。”灯光太亮，小寒已隐匿在这张网内一时难以分辨了。

“再见。”小寒在铁网里说，“你的信怎么办？”

“看了。”我对银光闪闪的网大声回答。

“看清了吗？”铁网迫不及待追问。

“再见。”我说。

我和黑荑仔细看了那公函，按地址坐电车去了一趟。

那片淡蓝颜色地域在郊区，到的那天阴云密布，按照地址号码的说明，而实际并不是宝塔或者庙宇，是个曾经的飞机库的，这个大房子周围茅草丛生，在很远的地方，就能看到房顶上斑斓的保护色，大片的茅草形同黄色沙滩，从地上连接到天空，仿佛离海不远，但走近后知道一切都错了，没有岛屿和海，只有遥远的天和近处的这所大房子。机库大门洞开，吸引很多要去的人。下雨了，黑荑的裙子紧贴在她身上，胸前的那几个纽扣郁郁寡欢，似乎知道此行会惹出什么事来。铁门外排着长长的队伍，很多人拿着网兜和口袋，裹挟着不好闻的气味和茅草。远处的铁丝鹿砦都有了年头，比阴天更低沉。

没有人注意到我和黑荑，甚至也没注意到她的裙子。有人在我前边说什么，听不清内容，我们顺人流朝前移动，我发现来这里的大多是有年纪的人，男男女女都在议论旧书的名字，记挂种种曾经抄没的典籍。轮到我们进入铁门时，我担心会被人认出身份疑点，但门卫一摆手就让通过了。

机库的大房内十分昏暗，屋顶高大，悬下一些有年头的大铁灯罩，整个大房子内，人如蚁群一般，在大堆大堆霉烂的书山里翻寻，极为拥挤，立刻被人群弄得趺趺撞撞。没人注意我和黑荑，我们被众人带动，推着拥着。每一个书堆或破烂的各种私人书架前，都有老年男女在埋头查看。他们携带网兜和口袋，鼻孔聚满灰尘。

“这地方太糟了，我们出去吧。”黑荑说。她在一堆被踩扁的地球仪前匆匆走过。我踮起脚尖，指给她看远处一个窄小、渺茫的出口，那里袒露一块苍凉的天色……

就这样，我们重新从远处，回顾这所大房子。它容纳旧时代大量的旧书，仍然透着魔力，窗口紧闭，只有进出的铁门敞开着。“我们真不该来，一切都错了。”我说。

这一天，我打算拆除门口的信箱。走出房间，听到小寒在大厅北边细声说话。

“我完成了。”黑荑说。她身旁的白马显得饱满，肋骨在胸腹部一条一条隐约可见。黄白色的皮毛已经刷过几遍，在这潮湿天气，蒙着浑身水气，整体是一个躯壳，已不能感受到一丝神经的悸动。这使我想到了一直记挂的事，眼前那个冰冷的信箱，它仿佛已完全消失。我不愿再多想什么了。

“告诉你，那部小说的细节。”小寒在白马背后喃喃自语，白马的脊背新月状弯曲着，像是匹母马，假眼背后的珐琅质微光正逐渐暗下去，暗下去。

“——那部小说讲了外交邮袋和窥探者的故事，邮袋系了封有火漆印的保密绳结，中途打开，便难以复原。”

这是小寒一直说的话。

我记得这一天中午，一个孩子溜进不供参观的大厅，踏着椅子骑上了马背，黑荑竟没来得及阻止。白马很轻，在小孩的胯下全身晃动。男孩两腿夹紧了马腹，脚上的黄色皮鞋使劲磕打马的双肋，马摆动得更为厉害，大厅也有了回声。僵直的、站立的马腿发出吱吱声。马肚子是空的。小孩说。

“真可以讲讲过去的事了。”我对黑荑说。我看着那孩子，他夹紧马腹。苹果似的小脸越发晶莹红润。大厅深处的这两匹白马，其实已经消失，黑荑说，是装在木箱里，运往一个无马的城市以供陈列，“这些马跟真马完全一样，没什么不同。”她环顾四周，我很难在此刻再看到小寒的背影，这座石造楼宇，已经度过了梅季。

“那个飞机库大房子里，装有几百卡车的旧书，每天有几百号人在翻找，但是谁也找不到他们原有的书了。”黑荑回顾，颧骨处微微发红，安静地看着我，“留意到没有？那地方散落不少早就腐烂的动物标本，也是私人的藏品。”

她关注着我。她穿着那身套裙上，几个纽扣一齐闪动着珐琅质微光。

我警觉地回头看去，孩子已经走了，在大厅的一角，那匹马全身僵硬地摇动，它的四蹄磕碰了精细、陈旧、华贵的栗木地板。这种飘渺不定的声音，如同另两匹白马梦里的碎步，是死了的声音。

风中鸟

那年头，虽然我还不是个正儿八经的棺材匠，细细统计一下，手头也出过五六十个棺材作品。唯一遗憾的是，每回满头大汗生产出一个，第二天它便被埋入东北冰凉的黑土层里。那边的规矩就是这样，主张现买现卖。

我那个农场老人多，当然老是死人，老是做棺材。我的师傅“牛眼”称加班打棺材叫“打连班儿”，我称之为“打包装”。牛眼师傅做棺材像做鞋匣子一样无动于衷，不像我一脸小家子气，因此故意取这么个洒脱名字软化神经，我这人实际很脆弱，摊上了这个民政工作，枉被连队女战士们视为一条无情硬汉，以至回城时，只挎回来一篮子土豆，别人都是挎一个姑娘或者娘儿们回来的。

我干这个活虽然很熟，可是一点儿不老练，常砸破手指头，半天也磨不快一把刨刀，锉起锯来老跳齿儿。牛眼师傅常常嘀咕说："像小南这号的，该到城北那家土煤窑参观参观，瞧瞧人家的棺材活儿。"

是的，我知道那个煤窑老冒顶，库里的棺材有一定标准数，黑棉衣和黑棉裤摞得整整齐齐。追悼会横幅是专用的，上头起句的三个大方块像水牌一样，谁死了写上名字立刻就能挂出去……那边只有一个老头打这些棺材，又累，又寂寞，但是老头做到了一定的库存指标，就能自在些日子：甩扑克，拿鱼，聊大天……一直到窑里死人。这就算是优越性嘛。咱这个农场冒不了顶，自然没有做存货的理由，常常是我做房梁做爬犁累出了屁，连食堂的鞋底式油饼都没力气啃，那个黄脸大夫就来奔丧了："小南，今晚加班做棺材，刘家老爷子快蹬腿啦。"

"你去找牛眼，我去通知开火锯，跟发电厂也说一声。"我拎着那张饼走了两步，又扭头问，"做大号的还是小号的？”

“做大号的。”

得！我听了心里暗暗叫苦。

依这里的土规定，大号棺材为干部及其家属享用，两寸半以上板子。小号棺材为一般农工及其家属享用，一寸半以下板子。你有钱但不够级别，就只能来个小号的。但是依我的观点，最好一律用等外的，这样省力气。

牛眼师傅照规矩去库里领了一瓶烧酒，哼着二人转过来了。我可绷着脸不动家伙。直到公路那边沥沥拉拉来了拨死者家属，我这才提了点精神——我哪是冲他们烟卷和茶水去的，只是突然觉得自己不是东西，自惭形秽。看看吧，人家死了人，你还大号小号拣瘦，王八蛋一样。

我们连队的同学们，男女战士们，对我这个兼营最后包装的傻蛋不予理睬，不感兴趣。这是应该的，我自己放在他们的位置上一定也这样。我打过很多辞职报告，但是每次领导都予以驳回，说我最合适干这个。为了这句话，我在木工房墙上的破镜前，端详了半天——里头的形象可真是惨不忍睹。

喜欢我这模样的，只有行将就木的老头老太婆……外加几个死病篓子。他们见了我总是满脸堆笑："小南，上我家吃饺子去。""小南吃血肠吗？""小南吃倭瓜不？"

除了这批"好友"之外，有两个年近八十的老头属于我的未来主顾，但他们对我的态度相对来讲是矜持的，所以我特别地加以注意。

两个老头从年轻时起就是好哥们，现在更是形影不离；他们大清早都蹲在木工房不远的麦草堆前，虽然没啥可说，但是挨得可紧了。两个人偶尔都转过脸对视一眼儿，又各自无言地瞅着大路……

叫老奎的是个绝户，手里攥着个桦木疙瘩的大烟斗子，见了我就死盯着，那眼神儿那架势像一只掉了毛的老狼，连烟斗子里冒出的烟也阴森森的。他有怪厉害的肺气肿病，几乎一刻不停地吐痰，所以我慌慌张张从他面前走过时，老觉得他在啐我。

与此同时，另一位叫福顺的抓住了我的衣裳：“小南……小南……”他嘴里有股子烂土豆味儿，眼袋子松得露出红眼皮。他的右爪子抱紧了一只长了蚤子的老猫……我明白他是想说几句，但是他太老了，什么都无法讲清楚，只得勉强跟他胡诌些什么赶紧走开。我知道他是好意，但受不了那气味。这个老窝囊待在小北屋的一个凉炕上过夜，撑饱了儿子和那个大屁股儿媳的气……

黄脸大夫说：“他们盼着快死。他们俩从来不到我这儿来治治那些病，见了我就像见着龟儿子一样，理都不理，他们可想死了。他们就是想早点死。”

“还能活多久呢？”我问。

“老奎的胸水能抽两罐头瓶，福顺爷单单那身‘大骨节’就够邪乎的……没准出不了月就得死。”看黄脸大夫的模样，恨不能给他们俩各来一针氰化钾快些死掉免得遭罪。

人老了真够受的。

我对这老哥俩感兴趣，八成儿这就是领导所掌握的特长吧。

到了“腊七腊八，冻掉下巴”的时候，一个打夜班修机车的知青被小锅炉炸死了……经过领导和家长的反复争执，最后立为烈士。这消息对我来说具有另外的意义：烈士之棺将是我棺材制造中最难得的一个作品，也算是整个农场扣人心弦的产物之一。开工的那天下午，连里的同学们，男女战士们，对我的劳动开始重新认识和做出评价。他们看我熟练地挥舞斧子，使用各种工具把木料收拾得光滑齐整，都惊呆了，特别是其中两名很傲气的女战士，简直是用一种特殊的眼神对我行注目礼……天黑了，大灯泡照得明晃晃，雪地上的青年们依然呆呆地看两个棺材匠在忙碌……我很感动，以往的牢骚一句都想不起来，这是为烈士干的，我得掏心掏肺地吧。

大家都在等待这个最后装配，即“出形象”的时刻。

“天”头五寸，两个“帮”头儿五寸，“地”仅一寸。牛眼师傅跟我说过，棺材最要紧的是“天”板儿，愈厚愈好，可是“地”则不然，只要极薄一层儿就行了，别人看不见。我说棺底不是得压着泥么？不是得先烂么？他愣了一阵说自己也不清楚，这是传下的规矩。这么薄薄的“地”，准是有意给魂灵遁走行个方便。

……两人好歹把这个厚匣子安起来。我累得两脚打飘，手臂快脱臼了，牛眼师傅老是朝两瓶烧酒对眼珠子，可没好意思喝……等最终完成的时候，周围四处嗡嗡起了议论：“这么个模样？”“丑死了。”“太出乎我的想象！”干雪嘎嘣嘎嘣地踩响着，两个女战士嘟起红嘴唇随着人流慢慢远去……没过多久，雪地上满是伤心的脚印儿，锯末子被风搞得团团乱转，灯泡晃来晃去大摇其头，牛眼师傅馋猫似的撕咬酒瓶盖儿，我呆呆地挂着脏围裙看住了雪地，看住了雪地中央这个蠢牛似的大棺材，心里发涩。

还有别的样式吗？我的胸口爬上来一丝哀伤。这可不能算我小家子气，我确实开始怀疑自己这个劳动成果或者说是劳动结晶了，它曾是我最引为自豪的重要东西呵！牛眼师傅用双腿夹着酒瓶，大嘴一撇说："那帮毛孩子懂个屁？这尺寸是古定的。'古'懂不懂？我能反'古'吗？笑话！"我没有理他。在我的眼里，这口棺材确实是丑，说多丑是有多丑，前头翘得又高又厚，旁板儿却带着圆弧，脸面猥琐，凹进去一块，摆出国粹的架势，一副自信的蠢相，光是凭借重量和厚度来吓唬人，算什么嘛。烈士躺在里面会舒服吗？记得在连队一个同学的炕上，翻过本小说，插图上那个洋棺材可算不错：轻巧雅致，有漂亮的六角形线条，镶着够诗意的铜把手，做那种死人也许不会担惊受怕。那才叫真正的棺材吧，躺在里头随你挑：

进天国，还是要见马克思。我要是少年高尔基，也能躺在棺盖上跟人打一夜赌……

我心里的高兴劲儿以及红嘴唇引起的一股激情，就这样无影无踪。四肢就像稻草人似的，脑袋发木。我转到附近一堆破房梁地上，打算撒泡尿，隐约听到一只牛犊子在里边喘气儿，我抽出皮带，提着棉裤走近去找，这一看小肚子差点出事！——烂木头的阴影里悄悄蹲着老奎和福顺爷，挤得跟一对黑老鸹似的。

“你们干……什么？”我提紧裤子。

老奎的那双老狼眼呆呆盯住了我——牛犊的喘息就是他的喉咙发出的。福顺爷搂紧一只老猫，冻得咝咝哈哈还不愿起来，并企图伸出爪来挠我的衣裳，我跳了一步。

“你们干啥？”

“真……够气派。”福顺爷冻紫了的嘴朝灯光卜撇。他可从来没说得这么清晰动听过。

从这里看过去，雪地中央的那个棺材被灯照得光彩夺目。

我使劲闭紧了眼。但愿我老了别像他们那样儿。

暮春的时候，黄脸大夫急急忙忙地吩咐我说：“小南，今晚又来活了。”

“大号的？”

“不，是老奎要死了。”黄脸大夫说。

黄脸大夫是金口。有的人瘫在炕上三五个月，他都不吭气儿。可是病人进入真正的弥留状态，他会精确地与我联系。他善于判断死亡，他在算计死神的脚步时从没失误过……所以约定俗成拥有这种通知最后包装的权力。

老奎这样，还是死了舒坦。我边磨刀边想着：只是福顺爷往后的日子孤单了。死这东西就像落下的树叶子，谁也没法挡住它。我这么思考的时候，脑袋里各种尺寸的棺材和各种各样的老脸、裹尸的束带等等，都乱七八糟地搅和在一起，弄得眼花缭乱。

“你给刨一下。”牛眼师傅扛着板子过来，哗啦一声撂在木案子上。

“这是钉猪食槽的料呢。”我说。

“对付对付算了，这是领导的意思。”

“不干。”我嚷嚷起来。这些精湿的松皮板，一寸厚都不到，节疤多，好几块都是鼓的。

“小南就是享福，湿木头刨起来累得慌。”

“不怕干活，是这样太缺德了吧。”

“人死了能看见啥？老奎吃了这么多年的救济，有个匣子就不错了。”牛眼师傅从兜里拔出酒瓶儿。

“不干。”

“听不听领导的？不要领导?！……算了算了，小南是好心人，干吧，咱就这么对付一回，里边就不刨了，外皮推掉点毛刺就行……”

这个夜班我基本没有干活，都是牛眼师傅一个人吭哧吭哧捣鼓着，等弄成了样，已经是下晚两点了。我心想关了灯泡就打算走，牛眼师傅不让，掏出一包炸豆，拽我坐在这个白惨惨、软乎乎的大匣子上喝酒。四野很静，喝酒时能听到酒在喉管里汩汩地流下去。两个人也捞不着话头儿，牛眼师傅呆看着青苍的白桦林……皎洁的月光洒下来，清丽地照着棺盖上的节疤和木纹，那木纹太美丽了，可惜是棺材的一种装饰。木材刚脱离泥土，刚在这样静谧的夜色下袒露出它内在花纹，却会在明天重新埋入泥土深处，黑暗之中，牛眼师傅嘎的一声嚼碎豆子，双眉拧着，脸歪着……

“……你不自在？”我问。

他叹了一口气：“不自在，我喂的那只母猪老是配不上。”

我鼻子酸了，可没多喝酒，不是为弥留的老奎，也不为我自己……

翌日的房前空地上，这口棺材没人来抬，太阳上房顶了也没见背杠子的。不久黄脸大夫抹着汗走近我说："老奎又活过来啦。"他为这事可真够沮丧一辈子的。

我赶到老奎家，走进那扇破门的时候，心里有些高兴，有些激动……老奎平躺在炕上，福顺爷搂着老猫在炕下偎着。他们冷不丁见到了我，眼睛里都露出一种惊惧的神色……我像被兜头浇了一桶井水。——我这号人来干什么？我不是一个狰狞小鬼吗？不是一口会行走的活棺材吗？不是一个棺材的活广告吗？

这口出世便畸形丑陋的棺材，第一次作为公开展品（牛眼跟人说是与小南合作的），搁在木工房前边的空地上。青年观众寥寥无几，没有引起预期的什么骚动或者轰动。它静静地趴在那里，乏味得很。有时我下班觉得累，就常常坐在棺盖上憩一憩，它随之吱吱地哭泣……那片寂静的白桦林，在黄昏到来时有一只孤独的鸟在歌唱，唱得又舒坦，又悲伤。

我算是给连队丢了脸，烈士之棺和眼下这“破木匣”把那帮人吓得够受，其实我做得再坏或者再好看，也称不了他们的心。我每一个毛孔里都是陈腐，他们受不了。……虽然两名红嘴唇女战士偶尔会来木匠房逛逛，我很知道这不是冲自己来的，是想请我帮她们安个镰刀把儿或锄头把儿什么的……我连眼皮子都懒得翻一下。我知道双方没有共同语言，越像头蠢驴那样大献殷勤，她们心里越是乐……因此，只要见她俩撩骚着过来，我赶忙往棺材上一坐——这个方法治她们绝对有效，她们可惧怕死神的阴影了，她们脸蛋子“刷”的一下由红变白，眼珠儿往上一翻，东北话把这称作“比脚指甲盖儿”。她们怀着对死亡细菌的极大恐惧，气急败坏急匆匆走了。

这一个月内，场子里凡是能起炕的老人，都各怀心思前来端详棺材，他们对我和牛眼师傅的手艺在沉默里表示了充分的不信任。特别勤的是那对老哥们，还有那只老猫，都在某日以及某日，来看过了几回，他们俩看上去是偶尔经过这里的样子，眼睛稍不经意地朝棺材瞥一眼也就收住，两人同老猫那样只瞥一眼，就像万语千言尽在这一瞥中。有一次他们的手同时伸向这个等待尸体的“木匣”，见我从屋里出来，两手立即弹射回去，脸上出现一种害臊的表情，这样年迈的人还具有快速反应，真使我惊讶。

自此之后，他们再也不来了。

这是一段宁静的没有死讯的痛快日子。那副棺木在外头日晒雨淋，钉子逐渐锈了，每个拼缝都咧着嘴。傍晚我坐在棺盖上吃饭的时候，总共从缝里漏下过三根筷子。它整个儿衰老了许多，染了一层不太正常的灰白色。时间在悄悄啃噬最坚硬的棱角——我对它的联想已经淡漠多了，常常只当它是个备人闲坐的旧板箱。两位久违的女战士，竟然也同时步入熟视无睹的佳境——常常能靠在棺材旁边和我交涉小板凳事宜。我那把灵验的杀手锏，已被她们水汪汪的杏眼解了招法。想到即将又得扮演一头转磨道瞎眼蠢驴，挥汗如雨地打造那些小凳儿、小炕桌儿，心头未免暗暗发狠。

这一日，我察觉两位长发战士双双勾着手嘻嘻哈哈往这里进发，我飞快地掀开盖子爬进了棺材，仔细把盖子弄妥当。吓唬不成，躲一躲也可以，她俩说定今天来取炕桌，以便更热情地写她们的情书，但我还没锯下过一根木头……

棺盖嘎吱一声合上，那股热烘烘的闷湿味儿，就挺噎人的。我疑惑这气味总不像木箱味的朴实好闻……狭窄黑暗的这层空间里，漏着一条条粗细不等曲里拐弯的白线。这是照老奎一米五几的身量定制的，我的两腿伸不直。牛眼也太马虎了，四面果真一刨子也没趟过，躺在里面，浑身立刻开始刺痒……热烘烘的闷湿之气堵在心口，想喊却什么也喊不成的感觉。一股说不出的怪味越来越浓，怪熏人的，细细辨别，却分明是从我身上散发出来的！我觉得躺着的身体不是我，是一具早已腐败的死尸，这个黑沉沉的地方是与世隔绝的地狱，躯体身不由主，想立刻跳起来逃离，就在这时听到两位姑娘的脚步声。

我不得不用了“姑娘”这个字眼儿——这声音让人觉得温暖。只有像我这样体验过的人，才会感觉这脚步声的温暖。

“小南！小南你死哪儿去了？”姑娘在我头顶上喊。另一个喃喃地，软软地说：“他刚才还在的。”

我困在她们眼皮底下的匣子里，不由自主捂紧了嘴。——我难道该像僵尸一样嘶嘶地说在这儿吗？这不仗义，是兔羔子干的。

透过某一条缝子，见到她们健康的、套着花尼龙袜的脚踝。第一次贪婪注意人间这个细节。阳光像一道道金线射进眼前的黑暗，把我黑乎乎的躯干分割成几段，在我髋骨边上的一条小缝里，露出半片鲜亮的草叶儿……真爱这些光线，心里迫切地想念，但与此同时，我又感到挺痛恨它们。……要是四周漆黑一团，我可以想象自己半夜从炕上醒来的样子……光线提示一种隔绝和麻烦的事实。我曾下到三十五公尺深的水井底部淘过沙，当我向上仰望的时候，发现井口仅是一枚硬币大小的银色光亮，我当即感觉人世的渺茫与遥远，随时随地都有可能和这个硬币样的光明世界永别……

女战士，也许应该说是姑娘们，继续在我头顶对话：“怕这棺材？”“才不呢。”“那咱们像死小南那样坐一会儿。”棺盖在我鼻子上方吱吱嘎嘎地笑了一阵，有几道阳光给挡暗了，我不知怎么，感觉身体越飘越远……

她们继续说着什么，还有几根火柴杆样的东西从阳光里掉下来，那是她们捡了些白杨叶儿，小丫头似的在我头顶斗叶梗玩……她们说悄悄话，抱怨来了例假黄脸不给开条，含糊其词说了一个如何如何有关女人的梦……她们咯咯地笑得棺盖呻吟、发抖……远处有一群初夏的乌鸦，大声聒噪着掠过草地和我的上

阳光像一道道金线射进眼前的黑暗，
把我黑乎乎的躯干分割成几段，
在我髋骨边上的一条小缝里，
露出半片鲜亮的草叶儿……

空，那一定是蔚蓝蔚蓝的天空了，蓝天下那片寂静的桦林，在黄昏到来的时候会有一只孤独的鸟在歌唱，唱得又舒坦，又悲伤……我躺在她们的下边，贪婪地听，也想突破棺材，大声高喊。

在这儿，我伸直胳膊的样子像死尸，两手挽在胸前也像死尸……只要人躺在这里，什么姿势都是个死尸样。

这么折腾了十五分钟，她们才一路走了。她们走了，这两位花神。

我半死不活，病病怏怏地从棺材里爬出来，立即神经质地赶到房里，朝墙上那半块破镜子里望。

这一刻，我尝尽了生死滋味。

我恨这棺材及所有棺材！

一个偶然的机会，我发现老奎和福顺爷谁也不搭理谁了。每天早晨虽然他俩照例蹲在草垛跟前，但两人保持有相当的一段距离，如大庙门口的一对石狮子，谁也不再看谁一眼，各自沉着脸盘算着心事。老奎手里的桦木烟斗不见了，看上去阴森气淡了不少。福顺爷怀里那只老猫准被扔在屋里，怀中一空，人也就不那么拖三拉四了。两个人像守着猎物似的盯住大路，发现有人来，老奎的腰就绷直了些，止住咳嗽，摆出年轻时扛木头的模样儿，含着满嘴的痰都不愿意吐。福顺爷见人，也一改伸爪子的毛病儿，老是忙不迭地拍打身上的土，可是他身上哪有土呢，尽是些面汤渍子老硬垢儿，发亮光的磨印儿……但他执意地拍，这么拍两下仿佛显得利落似的……

他们实在是太老了。

他们一改不进医务所的秉性，三天两头找黄脸大夫号脉……一个在里头撸袖子，另一个也在房外候着，你出来他就进去，怪怪的……

黄脸说，这对老孩子逼得他头晕目眩，不知中了哪门子的邪，八十开外的人，破炉子一个，再补再抹也四处冒烟，没用了。

棺木上的钉锈随雨水一点点化开，缝子继续在扩大，有一半的板皮子全走了形。青草和蒿秆茂盛地长了起来，远远看去，像绿池塘里一只半沉的旧船，静幽幽趴在那里……看见了它，我总想到干过的那件蠢事儿。有一次我对牛眼师傅说："做猪槽不是缺料吗？……咱把这棺木拆了得啦。"

"嚯！"牛眼师傅立刻瞪得牛肉包子模样，"没料就歇着，这是随便拆的？"

——看来他家那头母猪这辈子是配不上了，我想。

有天我趁牛眼师傅不在，操起斧子朝这口棺材当头劈将下去。但用力过猛，斧子滑倒了，那个荒草中的空壳，发出"咔……咔"声音，是在招架，哀鸣。于是又劈了一斧，这斧劈得过实，棺盖一口就叼住了斧刃，我费了吃奶的劲，吱吱嘎嘎踹棺材盖子，木板刺耳地响着……

翌日心境转好，连队同乡（包括那两位姑娘）居然发了天良慈悲，拟吸收我参加下周的“赴北五周年”大宴……出于卑下的身份，我提前去“会”里表示一下感谢。我发现各种吃食已准备周齐，心头深感不安，见两个姑娘面对五只活鸭，柳眉倒竖，是呀，侍候它们一周可不是玩的，我主动提出养鸭任务，博得她们的赞许……

饲养处所就是那具棺材。

对鸭子来说，这个窝除吃喝拉撒之外，还富余一个健身场所。我也很满意，知道喂在这里掉不了一钱膘。又遮阳，又避雨，四边通风，外面看不出破绽，也听不出响动，因为鸭子都是公的……六天以后群贤毕至，也就在这棺材里杀了这些鸭子。

我不知道自己干吗要这么干。我是一心一意要把这口棺材给毁了。

现在，棺材里已留下大量的鸭血、鸭屎，四周粘了许多鸭毛，曾给鸭们洗澡，剩下的菜帮子和馒头渣，湿淋淋培育出密密的银色茸毛来。金头苍蝇早就大批大批地涌到，包括蚂蚁、腻滑的蜗牛。我后来把棺材盖掀翻在地，这块大木板上，也许能长出大片蘑菇和乳黄色“马粪包”等等菌丝类、孢子类植物。倘再泼几场豪雨，刮几阵风儿，弄一通鸡蛋大的冰雹来，说不定真把这东西毁了。

有个夜晚偶然发现，木工房的空地上冒出一个小亮点，然后消失了，过十秒钟又亮了一亮，消失。我感觉光亮是从棺材范围发出的。这是可怕的事，我咬着大拇指头挨过去，两个腿肚子转筋，脚片子差一点相互打架……那光就这么只亮了两下子，再没有了。月亮猫到云层背后，四周起了一层湿漉漉的浓雾，灰蒙蒙看不真切，要不是这棺木是师傅亲手所制，出两条“哈尔滨”烟外加“土老帽”打火机，我都没兴趣管。

棺材阴影兽脊样露出轮廓，心头疑云乍起，这浓雾弥漫的黑夜里，它好像拉长了许多，约摸长出三尺还多……每天都打照面的东西会有错？但它就是长了嘛。真出了问题了。我清楚地记得当时躺在它里头顶天立地的情景，支着棺盖的膝头现在还毛拉拉的不舒服……

越往前走，雾气愈稀薄，等半片残月的冷光投在我的前方，我这才泄了气——棺材的两头都蹲着人，一个是老奎，一个就是他原来的哥们福顺爷。

“……你们干吗呢？”我松了口气说。

他们沉默着，哈着腰站起来，手里头似乎都攥着一盒火柴。

“想干吗？”我说。

他们俩隔着固定的距离，一前一后，慢慢被夜雾吞噬了……闻到那股阴沉的桦木烟斗的辣气时，有一声极干燥暗哑的猫叫：“喵呜——”

“干吗?!”我对这片茫茫的夜雾喊。

我尽做噩梦。

三天以后，草垛前一对“石狮子”少了一个，只剩下老奎独自蹲着。这老汉一下子给抽干了，脸上勒满一层丝挂子网的细纹，两眼是两颗实心的黄石头子儿。他急躁地摩挲那个冒阴森气的烟斗子，开始不停地吐痰，口水就如牛唾沫一样，在风里柔韧地飘动着，那喉结顶着脖上布袋样的老皮上下游移……

福顺爷瘫在小北屋的冷炕上。他那只秃尾巴老猫偎在他脑袋边上，跟主人一样张着嘴喘。老头和猫的胡子都很稀很短，眼角也一样堆着稠眼屎……福顺爷的儿子和媳妇每天轮班进来一次，在炕上置一个窝头，窝头的眼子里塞一段咸黄瓜……炕上已经摆了三个窝头了。那大腚子儿媳看见我进来就拉长了马脸，这娘儿们，凭两条眉毛能砍死人。

福顺爷看见我，眼睛有了点湿气，张开嘴打算说话，那只猫也打算叫，但空气里连半丝音节的颤动都没有，眼睛是他唯一能转动几次的器官，但眼睛已经看不出任何的表示，他瞪了我一会儿，转而盯住门外，从此就一直这么盯住门外……

门外是什么呢？是老奎？还是棺材？

黄脸大夫来仔细看过了，说老头到熬干，还有几天日子。

翌日，草垛前不再有什么人蹲着——老奎也已经瘫在炕上了。

仰天躺倒，瘦成了一副骨架子，几只苍蝇在他脸上爬动都不知道，他那双老狼眼重新亮得照人，看着这双眼睛，我觉得黄脸大夫一定会为难的……

老奎见我望着他，努力地说：“我……”他说了这个字，显出一副心满意足的神态来。

第二天，我遇到黄脸大夫，他皱着眉，似乎因不能为两个老人各来一针氰化钾而深深苦恼。他说老奎的肺是泡了水的烂麻袋，可他的心脏，听起来小伙子一样有力均匀……“真是见鬼了。”他忧心忡忡地说。

“福顺爷怎么样？”

“够难说的。……反正，暂时没你和牛眼的事。有那个早打的棺材顶着，谁死了谁先用。”

这鬼大夫也没忘了那棺材。

老奎和福顺爷就这么跟死神“泡蘑菇”。他们都知道对方病重，对方要死了。

每夜的露水都把那口棺材打得湿透，每日的骄阳，又把它晒得啪啪作响。我似乎能看见棺内升起难看的白气……我向它走去。棺木完全变形了，到处是蜗牛亮晶晶的爬痕，四个角张着七张银色的蛛网，挂着浓雾样的水汽和一些昆虫空壳儿……棺底的罅缝里钻出孱弱的黄草芽。板上的水渍，有黄边的，黑边的，在四处的明暗里各自圈地盘……这就是我曾经躺过的，姑娘们曾经坐在上面斗叶梗、嬉笑的棺材吗？

某日黄昏，空气闷湿得厉害。东方和南方的地平线，已被铁铸的沉重雨幕锁住……而西边仍然红透着地狱之火……

“小南！小南呵！”我发现黄脸大夫兴奋地朝木匠房跑来，“小南……”

我心里并不明白。

我发现那口棺材是从心里燃烧起来，狂风在板皮的缝隙里小声笑着说话……

那只鸟又在白桦林里唱了，唱得又舒坦，又悲伤……

童话

1. 一只金蛉子叫小金，它在绿叶上唱歌。

附近，与小金一样的金蛉子，都在青草和灌木里唱歌，希望找到朋友。

2. 小金发现，树下出现一个男人，把大张的竹纸淋湿，铺在草上，摆弄草叶。

于是，很多金蛉子跳上了竹纸，就粘住了，跳不动了。

男人罩上一层纱网，抓到了不少小金的弟兄。

3. 小金身边，一只叫小黄的金蛉子说，要小心人呵，如果被抓住了，你一辈子就找不到朋友了。

小黄正议论着，忽然一阵大风，它和小金都被刮到一个潮湿的圆形广场里了。

其实是男人用一个淋过水的大脸盆，扫过灌木，小金和伙伴小黄就落进脸盆里，一跳就滑，寸步难行。

“广场”上空，盖起了纱网，世界在震动，翻覆过来。

4. 小金，小黄等等伙伴，都挤在这个纱网里，脸盆放入竹筐，被男人带下了山，在摇晃中，大家一声不吭，没有心情唱歌。

晚上，盖着纱网的脸盆放在大方桌上，男人用一只小丝罩，把小金、小黄分别装入一个个镶有玻璃的红纸小盒里。

这是一个小纸屋，地方不算小，顶上是亮的。小金顺着纸墙朝上爬，以为可以出去，但出不去，它碰到了玻璃。屋中有个门洞，是圆的，嵌有一粒米饭，小金饿了，吃了一点。

5. 一个乡下女人透过玻璃，看看小金说，这只虫很好，是真正的“南京金蛉子”。

虽然小金看不到盒子以外的世界，但它凭自己的触须知道，周围有无数这种小屋。有小黄和它很多的伙伴。

夜里，很多伙伴开始唱歌了，这是习惯和需要，小金没有唱。

6. 第二天，捆扎成一版一版的红纸虫盒，装上了长途车的后座。车开上了宽阔的大路，开过了山，河流，大大小小的城市。

最后，女人说就要到了，这是上海的高架，经过耀眼的无数高楼、广告牌。

然后，停在石库门小马路上，棋盘格一样的小街。

7. 小金听到，女人跟摊主谈价钱。

一个摊主看看小金。小金动动触须。

摊主说，这笔货，每个都像这一只的样子，就好了。

最后，小金跟许多兄弟都被摆在摊位上了，纸房子里换了一块南瓜，味道很好。周围是卖花鸟，卖油饼，卖猫狗、乌龟的小摊，小店。

8. 常有人来看小金与其他兄弟，老人或中年男人，女的很少。如果屋子一动，世界就震动了，人的眼睛鼻子更大。

小金不大爱唱。小黄在附近抖动触须，告诉小金，唱吧，你唱了，人就会来买，你住的地方，吃的饭，都可以改善些。

过了一天，小金觉得自己想唱了，于是唱了起来，没完没了。

9. 有个戴眼镜的女孩，来看小金。

小金也听到附近伙伴们的歌声里，有小宝在唱，小宝是伙伴中的冠军。

但细听下来，小宝嘹亮的歌声里，没有寄托和思念。

小金开始反感了，说，喂，快别唱了吧。

女孩子说，呵，多好听呵，哪个盒里的虫虫在叫？

摊主摸出一个小葫芦说，是这里的声音，葫芦里有个电子发声器，专门引诱小虫唱歌用的。

女孩说，原来这样呵。

小金晃动触须叫起来说，早就听出问题了，我的听觉多准呵。

谁都没懂小金的意思。

女孩子看看小金。

摊主说，十元。女孩子买了下来。

10. 女孩子带小金回到办公室，一座西洋建筑，窗上有常春藤。

一个戴眼镜同事，过来看了看小金，拿出一个红纸盒子说，他也有一个，准备送给老父亲的，比较下来，不如小金有精神。

这就是新弟兄，小金叫它小钟。

另一个男同事也拿出一个虫盒来。

眼镜同事看看说，你这个虫怎么圆滚滚的，腿粗得鸡腿一样。

女孩子笑笑。

眼镜同事说，只有中国人以虫鸣为乐，日本喜欢独角仙。

喔，那是怪叔叔。小金在草丛里见过，高大莽撞，可怕。

女孩子说，还有一种黑色小虫。

眼镜同事说：墨蛉，等于有亚洲人，非洲人，欧洲人。

隔一会儿补充说，等于三黄鸡，乌骨鸡，白鸡。

小金不懂。大家笑。

它记得在青草里，遇见过墨蛉，独来独往的气概，很高傲。

11. 不久，纸屋的门洞忽然打开了，小金机灵钻出来，跳在桌上的稿纸堆上，在电脑键盘上蹦。

女孩大叫。

男同事用一张A4纸，一面高大的白墙，把小金挡住。

他迫使小金，钻进一个硬木小屋里。

小金记得小黄说过，居住条件会改善，果然换新居了，也是圆门洞，嵌有粥粒，小金尝了一下，味道可以。

12. 小金看屋外的洋房。

女孩的桌子（上面摆有小金的小屋）旁边，有男同事的桌子，眼镜同事桌子。呵，人的大部分时间，也关在四方形的屋子里。

13. 这天下班，小金被女孩子带回了家。

马路很窄，车流很急，小金看见两边高大的梧桐，听到车喇叭和麻雀的叫声。

女孩几次停下，看了看小金说，你怎么不叫呢。

小金说，我唱歌，我不会叫。

14. 晚上，女孩把盒子放在枕边。

同白天在洋房里一样，只是更安静。

小金凭借触须，可以了解这个地方，包括自己的位置。

小金唱了起来，它想到山间的月亮，小花，树影。

女孩子打电话。听到了小金的歌声，对电话里的人说，虫虫叫了。

最后，她睡着了。

15. 第二天，女孩子带小金登上轮船，到了崇明岛。

小金闻到了不一样的风，看到了黄色的大海，这都是它完全不懂的风景。

16. 然后大家走进了一个农家饭店。

眼镜同事说，他老父亲住院，不能养虫了，随身带着这个纸虫盒，因为担心小虫缺失水分，套了塑料袋。

他拿出袋子，没想到袋里的纸虫盒子基本倒塌了，小钟躲在里面，太可怜了。

破烂潮湿的塑料袋，与小金精致的硬木小屋，并排摆放在碗碟与酒杯间。

17. 饭后，大家去看海边的芦苇，女孩托着饭店的塑料饭盒，里面是眼镜同事的塑料袋，再里面，是躲在坍塌纸盒中的小钟。

女孩一直说，虫虫太可怜了。

小金也这样想。

女孩说，风景一点也不好看，我们今天要去买个虫盒。

18. 傍晚，女孩和眼镜同事，来到了那条熟悉的小街。

经过路边小摊，小金敏锐听到，零星的弟兄们仍然在不知疲倦地唱歌，但是没有小黄的歌声——不知道它熟悉的小黄，如今去了哪里。

19. 小店里灯光雪亮，摆有千姿百态的精致虫盒。

女孩和眼镜同事选了很久，跟老板娘讨价还价，买了一个非常好的竹刻虫盒。

老板娘拿来一个脸盆，把塑料袋放在里面，用

傍晚，
女孩和眼镜同事，
来到了那条熟悉的小街。

一个小丝网，把小钟放到新盒子里，小钟的心情立刻好了很多，进入新屋后，它用触须告诉小金，情况改善了。

20. 女孩子说，别给虫虫乱吃东西。虫书、养虫网站都讲，虫虫吃白粥最好。

眼镜同事说什么都让小钟吃，胡萝卜、山芋、糯米糕、蛋黄、南瓜。

女孩子说，不可以。

大胡子摄影家来洋房做客，说张庙的虫盒子，最便宜。

午餐后，女孩希望自己更苗条，离开洋房，带小金到附近走一段，看猫店，小首饰店，格格屋。

21. 改天，女孩、眼镜同事、大胡子，就去了张庙。

他们是去看大胡子的朋友，一个做虫盒的老人。

22. 老房子的小窗下，有各种小锯子，无数小刻刀，还有各种小锉，小锤，小玻璃片，小竹块，小块的紫檀，黄花梨，鸡翅木，尤加利木，玳瑁，珊瑚，螺钿，牛角，小漆瓶，包括钟表小车床，钟表放大镜，什么都是小的。

老人的个子，也是小小的。

老人说，这门小小手艺，与高级家具厂的流程，其实是一样的。

23. 小金和小钟，就这样白天见面，傍晚告别。

有一天，小钟通知小金，天气变冷了。

果然是冷了。小金看到树叶慢慢掉下来。

秋天到了，

女孩一到家，就把虫盒放在温暖的鱼缸上。

热带鱼成群结队在一起。

而小金，一直就是它自己。

几天后，女孩给虫盒做了个棉布套子。

24. 有天上班，小金听到男同事说，他的小虫死了，在马桶里冲掉了。

女孩子啊地说，太悲惨了。

男同事说，我改养蝈蝈了。

这样说着，一只巨大的翠蝈，离开它住的葫芦器，在办公桌上缓慢地爬，然后，爬上玻璃，看小金。

25. 终于到了下雪的那天。

眼镜同事看见女孩，拿出盒子说，小钟死了。

俯瞰整个大阳台，盖满了雪，下面的大花园，女神雕像，草地，树，都是雪。

26. 女孩打开眼镜同事的盒子，把小钟埋在阳台的一个大花盆里。

女孩子说，我爸爸讲，人不能养虫，最后会很难过的。

27. 此刻，小金感觉不到小钟触须的信息，它已经躺在泥土里。

雪无声落下来，盖住了泥土。

家乡的山，是不是下雪了？

它的伙伴，小街的伙伴们，它们在干什么呢？

28. 雪在飘，女孩把小金捂在胸口。

小金知道，它一直想找朋友的心愿，完全破灭了。

夜之旅

铁道就此朝远方延伸，犹若你梦中的远方，那是个无穷无尽，望穿秋水的思绪吧。当你站在这些枕木上，眼睛可以朝那个终极处望去，你相信它是直线，假设那个方向就是你所想往的；那里潮湿，夜气在浮动，寒意从哐当哐当的车轮中吐出。远方就在那里吧，你想。那是个飘渺迷茫、下着雨的地方？你靠紧枕头去睡，闭上眼睛，屋子渐有颤抖的声音了。你拿着手锤检查车轴，床和屋子，逐渐顺着铁道行驶，咯噔噔的，床顺着铁轨飞驰，你躺着，那声音诱使你进入梦乡。

这并不是深刻的一夜，汽笛一遍遍重复着，熟透的苹果在铁轨的歌声中一个个掉在草丛里，你并不觉得难过，苹果的芳香从树冠和草丛中飘来，那是一种死后的甜意。夜晚，在枕头懒散的暖风中，夹杂着沉甸甸的果实的气味，节日的灯光还没有熄灭，路人稀少，河中只是繁星。你把世界想得这样的静态，微微有些寒风，也洒着温热之雨，心就安然了。漂亮的龙胆花在河畔静静开放着蓝色，更远就看不清了，被夜和路轨遮挡着，似乎没有尽头。你在车厢和船中常看到的那对眼睛，变成了灰色，有些记不起来了，你注意听到车轮或是竹篙的响声，她的脸就变得模糊，大概，这都是过于熟悉的缘故吧。当你意识到她的想法，这同样也成了你的想法。你感到平静了些。

火车一直朝前开，窗外是平整的水面，座位上回荡着舟楫之声，如果你躺在船舱的草席上，可以看见船尾舟子的那对不停的脚桨，而河水则是墨色，把耀眼的雪花融化、吞没掉。两岸的红蓼白苹渐渐被河雾所遮，你只得在大雪中泛舟独行，倚住竹篙，希望救赎假想中的人物。她过于热情或缺乏热情，形成了一种静态，深深印在你的身上，或是蓑衣箬帽之间，如雪花融化了原有的形状。说的是什么呢，她说。“救赎”是个什么词汇呀。这时，一切都归于静态中了。火车已经消失在远方，轨道上原有的物体奔腾远去，你不再会找到别的、好的词汇，你的火车已经到了臆想中的一个车站，车头疲惫地坐着，一个工人打开阀门，正给它加水。这时你睡醒了，爬到黑暗的车厢下面，似乎在敲打滚烫的车轴和轮箍，想从火车本身找出一些错处来。

远方的情景，就是如此吧。当你给一个儿童或是女士描摹那份飘渺时，难用恰当的词汇来概括，你借喻铁路和黄昏中闪烁的标志灯（——那果然像岸边时隐时现的龙胆花一样，是暗暗的、漂亮的蓝色），你舒了口气，握住车窗桌子下的小手，抚摸着。你拿起笔在纸上写铁道上很静这一行小字。此刻船中的夜色和明月依然在目，窗外飘开的是同样细小的雪花，它们留在旅客带来的行李上——这是苹果收获以后的第五场雪了。火车的汽笛在寒夜中颤抖，移动你的笔尖。农人们将随身的行囊放在座位下面，苹果鼓着突起的、圆乎乎的轮廓，蒙住了绷紧的麻袋布。他们抚摸苹果，要把苹果带向远方……你按住了纸，发现桌下的小手消失了；一朵白色小花被寒风吹走，顺着铁道飘落在皑皑的原野，月色憔悴在白垩的柳梢，铁道上很静（你写了下去），一切都为白色绷紧了画布，可用靛青加点土黄来勾一笔你的远方，你的终极。这就是终点？心中的远方就是这样的吗？想往的东西是没有轮廓的，是不存在？你写出铁路两边响起的枪声（这在纸面上成了另一种静态），弹如飞蝗，那些冰清玉洁的柳树被打得分离四散。你跑下这片树丛，像是找到了这对白色的纤手，你们朝那片残枝败叶里疾行，你背负着她，枝叶割开了你的脸颊和你的衣裳，你们要远离远方的枪声，以为终极之处是明黄柔软的沙滩和蓝色的海水，但这难说是一种欢乐还是痛苦，你们发现火车仍停留在高高的路基上等待，枪声稀疏，然后就静谧了，残存的植物在你脚下簌簌地响

铁道就此朝远方延伸，
犹若你梦中的远方，
那是个无穷无尽，
望穿秋水的思绪吧。

着，路基还在，那是一个明白的终极的旅程，雪逐渐停歇，繁星似海，月如弯钩。你感到她已经睡着了。

夜晚的大树已经倾倒，当你们白日仰望时，不知它死后会这样庞大地铺开。

想象中的那双小手苏醒过来，那是徐徐绽开的花瓣，那个孩子苏醒了。在旅程中除了轻松与快乐之外，一切才像是正常的。但她没有说对还是不对，她要像别人一样，说说这份貌合神离的孤独。她感到孤独。

为什么呢？这个象形字一直在纸上立着看那个终极，这是很正常的“人”字。你想。

不必显示这种孤单吧。你想。

长夜经常是一种静态。在摇晃的舟车之中，你会获得类似的感受。你在雪夜里行船，走到印着车辙的月台上，寒风把人的痕迹带走了，冰雪逐渐变硬，在车灯下闪闪熠熠，那是带着节日色彩的景象吧。女人的明眸躲在树丛的隐蔽处，放射着那层玫瑰色，吸引了你的目光，使你感到温暖，而她的手镯却是白的，她对你微笑，那是一阵苹果的芬芳，你的心安静下来，照人的龙胆花开在河畔，把那妩媚的蓝光倒映在水中，星星点点，而更远的地方，是一片雪原，雪花在女人的手腕上长久停留着，使你入迷，新年叮叮当当的声音，悄悄的，来自于杯盏以及柳树枝上的冰凌，也是手锤击打车轮细碎的回声，你这时感到火车又将开动，你得离开这些缠绵而温情脉脉的灯影人语，它要带着你们朝远方驶去，而你只能站立在高耸的路基上，你抓住那双小手，意识到那个终极仍带着寒风的刺激，它消失在河水或铁路的尽头，没有谁可以去猜度那是怎样的境地，但一定也是美的。确信那会很美，开始和终极都会如此，你默默地想着。火车从金属内脏里喷发出蒸汽，熟透的苹果、玫瑰色的苹果颤抖了，紧紧挤在一起，你想这也是她的芳香和她的脸吧。那丝笑意从她的两颊盛开，她的眼中，两颗小星分明是在燃烧，你看它使白色的手镯融化，滴落下晶莹的泪珠，它们在坚硬的铁轨上铺开……你等待着。

时间不早了，她说。她看了一眼腕上的表，拿起手袋。你推开玻璃门，你见眼前的景物完全消失了原有的样子。

此刻，火车已经离开月台，你停住笔尖，看到窗外的大水和那片白雪，那些枝条已被踩得支离破碎，宁静的河没有一丝涟漪，船夫停住了船桨，竹篙湿淋淋在夜空划出弧线，躺在舱中的草席上，你逐渐感到那种设身处地的思绪，发现铁道终极的那个飘渺的远方。你握住那只小手，看着它消失，犹若一朵白花被送到皑皑的原野之上去。

冬末·漫长的宿怨

1

那列火车驶离城市后，在洼地附近出了事故。小满和爱生都听说，火车滑下路基，随后就烧着了，像撞在一列货车上，线路被截断，有几班车发不出去，那情景非常可怕。可惜，两个孩子没有看见这个场面，他们认为这是件大事。

小满的叔叔，据说也死于这次事故，走前没通知小满，他是个模具工人，那天把手头的像章模具开错了，当时他待在机器边上，眼看洁净的铝材喂进了模具，咣当一声，整个机器上半部分深陷下去，铝板被压出圆孔，与此同时，银圆般的那枚像章坯件顺铁桌子溜下来，滑入旁边的竹筐，头像突起在坯子的表面，多了几道皱褶，似乎是裂了。这个模具工紧张地哼出了声，机器边另一个同事也吓了一跳。他们两个非常吃惊，然后他就从竹筐里捞出坯件，突然含在嘴里，翻过了工厂围墙——那边紧靠铁路的道岔——等他爬上了一列正出站的火车，嘴里还含着像章。

“他像一只猴子，像它。”小满和爱生逛动物园时，小满指着笼子顶端那只猴子说。它爬得挺高，但并不知道自己显眼，它把住铁栏杆，反复地在那儿把桃核吐在手掌里，又含住它。爱生拍打那个铁笼子，说：“吐！吐在手上！看我不掐死你！坏蛋！”

小满的叔叔，就这样含着那个不能吃的东西走了，还穿走了工装裤，戴着蓝色帽子。小满说怎么办，只能上你家了。他对爱生说，他没地方可去了。他说的时候脸上很严肃。

爱生的脸也严肃起来，走过去挟住小满的脑袋，绊他的脚，小满就倒在街石上，他们没办法忍住涌上心来的念头，嘻嘻哈哈地扭作一团。

以后，他们从道岔员那里查到了那列火车的车次，一趟学生的“串联”专列，是去南方的。叔叔扒住车门的铁扶手，嘴里含着银圆大的像章坯件，一定会钻到车厢里去的，学生们会照顾他的，他是工人嘛。这似乎挺好，大家一起开到什么地方去，去到南方的城市里，或者到北京，这是两个孩子想都不敢想的地方。

如今他们站在路基上，只闻到道砟上的臭味。他们明白黄全的话，这异常的气味来自车上的厕所，是为排泄那些脏物而设置的，一路洒在道砟上。真是臭！黄全推着巡道的小车，老这样边走边说，真是臭！真臭！他像在责骂自己，对自己不满意。但他早已习惯了，他只能干巡道的活儿了，这不挺好嘛。黄全说。

几年过去了，这班火车没有改变发车时间，它在暮色来临时正点驶离车站，加了煤水，从跨线桥那边烟雾腾腾地开来，放汽，拉汽笛，声音悠扬，它长长地缓慢经过两个孩子干活的煤场，宁静的暮色激起离别之情，卷起小满和爱生的衣襟。他们看清车头的“大车”靠住了窗户，不再拉开汽闸，只控制车速，而身后的“小烧”忙个不停，火光从打开的锅炉盖射在他们身上，小满和爱生傻愣愣地注视着，车头过去了，就是一串车厢的黯淡灯光。即使是冬末，仍然可看见大量转车的知青由本站朝北方出发，他们穿着国防绿的棉袄，挺像军装，挺像以前“串联”时的模样。

“我就是等夏天，我们就去地里搞西红柿……”爱生说。他的眼神尾随列车忽闪，像是想到了以前的朦胧和幻觉。月亮从地平线上升起，意味着那些遥远西红柿的黯淡色彩，小满和爱生曾相互乱扔那些西红柿，搞得筋疲力尽——那都是早晨，地里的广播喇叭同时响起那段音乐，太阳升起，草地上露珠生辉，一列火车疾驰而来，满车的乘客在滚滚车轮声和音乐声里，全都站立着，随火车朝东方飞驶，两个孩子手拿着西红柿，呆呆地看着这个难忘场面，火车掠过他们，一排排的车窗闪过高高的路基，车窗里只留着那些乘客的身体，他们直立着，在熟悉的音乐声里随火车飞驶着，孩子们看不到他们的脸、他们的容貌，只有他们站立的身体。

两个孩子不由得站直了。西红柿的甜味从嗓子眼里冒出来，他们面向火车，呆呆的。

“如今不这样了。”小满说。

爱生没有再说什么。

两个孩子贴近铁道站着，远望逐渐离去的火车尾灯，火车的气息没有被往事驱散，风中还有垃圾在飞扬。

小满和爱生的个子还在长高，但小满可以穿叔叔的鞋和上衣，可以将就。有一天，小满对爱生说，早晨他去了车站，看见有个男人嘴里含着一块东西，这个人的神色也有点儿怪，后来，大概是（饼子）含化了，咽下去以后，他嘴里什么东西也没有，小满就走了。

“是很怪。”爱生说，“现在发现了吧，日子就这样一天天过去了，瞧你现在，可以穿你叔叔的衣服了。”爱生点点小满的肩膀，“现在戴像章的人可少了，瞧见没有？”

“唔！”小满说。

离开城市五公里的洼地，就是以前铁路出事的所在了，他们有时跟着黄全闲聊，走着走着，来到了这个地方。铁路仍然好好的，两边的草和榛子丛长得茂密，没有一丝空隙和被破坏的痕迹。草丛里，横着四五节破烂的客车车厢，还有车轮，弯曲的铁轨。那地方多静呵，连声音都消失了，像是都钻到什么地方躲了起来。黄全说："瞧瞧，这些都是以前的车轮子，想到车厢里瞧瞧吗？要小心蛇，小心些。"他们都在路基上，看那些窗洞，有些是倒置着的窗洞，没有走近去看。后来他们就跟着黄全离开了，走出很远回头，看到车厢埋在草中，包括车轮和铁轨的轮廓。他们不愿意再看，走开了。

以后，巡道工黄全不愿意跟他们多来往，讨厌老是三个人在铁道上，像是遛腿儿，不像上班。巡道工被领导说过几回，生了气，也讨厌小满和爱生。

"我们觉得挺好嘛。"爱生说，"又有什么关系呢。"

"没关系？"黄全说，"这么大的孩子，也该干点儿活了，瞧小满家，什么人也没有，你也挣点钱帮帮家里，好不好。"

就这样，两个人被黄全说动了心，到煤场去帮着卸煤面子，后来他们就发现了傍晚开的那列火车，他们知道这趟车开出的时候，黄全就在附近巡道，这是很有意思的。

2

冬末的日子是漫长的，干了些活，他们就去看小饭馆里的男人喝酒。跨线桥上装饰着青铜兽头，火车的烟雾熏黑了桥穹，连那些积雪也显得脏，玻璃窗里是装卸工大口大口喝啤酒的情景，灯光暗淡，有时对面的窗子外正有一列火车疾驰而过，那么车厢的灯光就闪烁着，投到酒馆和这些男人们的身上，他们就像是跳动起来，如果他们此时在吵架，那他们就跳动得更奇怪，几个人会合在一起，突然又消失了似的。啤酒被装在当作酒杯的大口玻璃瓶内，变成不安的、金黄的颜色，比白天的样子美丽得多。

小满和爱生只能坐在饭馆外，有次他们推门进去，那跑堂的娘儿们说，赶紧回家，这里没什么意思，走吧。他们出来，继续坐在墙边的旧枕木上，那儿挺冷，寒风从桥穹吹来，煤烟的气味同夜色一样，逐渐变浓。

附近是终点车库，南方发来的几趟直快列车就停在那儿，已经摘了车头，拉掉电闸，但是买了联票继续北上的那些知青乘客，全都待在车中没有下来。酒馆里的装卸工，包括那个开票跑堂的女人，都知道那几列火车里，有人坐着过夜，到了第二天，这些乘客背着行李穿过三股铁道，可以爬上一列待发的空车，等于是个最近的中转地，比在车站上过夜要方便，他们可不在乎这一夜安不安稳，会不会有人上来抢东西。

有时最终，小满和爱生会跟着饭馆的男女爬到车厢里去，都喝醉了，他们随随便便就跳在座位上，拿取那些乘客的行李，或用手电晃知青们的脸，车厢里很黑。第一次听到女青年的尖叫，爱生就想逃走，黑暗挺可怕，让人心神不定。有时，远处响起了嗡嗡的警笛声，车里已经打起来了，有些人立刻从车窗往下跳。车里的姑娘哭的时候，都是悄悄的，几乎听不真切。小满拉住爱生，很想看看具体的事，想到车厢里去，但没有一次能拉动爱生，遇到这个时候，爱生总是说，快走吧，快跑，乘警马上就来了。

他们跳下路基，顺着跨线桥飞跑，警笛嗡嗡地由远方传来，车里仍然大打出手，但也有安静无声的夜晚，谁也不知道，黑暗的车厢里出了什么事，只有两个孩子飞快地朝桥穹的深处跑，那桥穹很深，射出信号灯的紫色光点，在夜雾中一切都在闪动，脚下是不安的、滚下铁道的石头的响声。

有次小满告诉爱生说，在车厢的联结处，他看见饭馆那个女人了，不知被谁拦腰抱着，背对着过道，她一点儿也不动，在那角落里像是一截枕木。

“她穿着衣服，还是脱了？”爱生说。

“她穿什么衣服？”

“白的嘛，她是服务员。”

“那是她了，很白。”

“有趣。”爱生说，“你不知道，这娘儿们可会来事儿啦……”

小满不甚明白地同意了，并答应爱生，以后再看见什么就一定告诉他。

这天他们很晚才回家。小满和爱生是邻居，整个冬季，小满都睡在爱生家，他没钱买煤烧暖屋子，他那间小房就给爱生的姐姐萍青堆她的破布，萍青没下乡，在家里靠做鞋垫子生活，而实际上，她只是替街道上存放那些破布，谁家也没地方堆这些东西。

记得那一年的秋季，梳着长辫子的萍青对小满说：“你叔叔死了，他走了，你大概知道了吧？”

她的眼睛里漾出愉快的神情，小满有一点疑惑，但是当她握住小满的手时，发现她的手很凉，她有一点儿紧张。

“我讨厌这样的话。”小满说，“你走开，我叔叔去打夜班了，他忙。”

萍青撩撩辫子，走开了。记得萍青的嘴里含着颗糖果，比如她趁院里没人的时候，掏出一颗糖块来，塞进叔叔的嘴里，她喜欢这样，即使小满看见了，她一样会扔下糖纸，把糖放在叔叔嘴里，她只给叔叔吃糖。

糖果在萍青的嘴里蠕动，小满看着她，把舌尖顶在腮帮子上学她的样子。

后来，萍青也当着叔叔的面，给文志强老师吃糖，而那些糖果，是文老师装进她兜里的。

这些往事，小满没有说给爱生听。但爱生知道，姐姐习惯含一颗糖果，踩缝纫机的时候，她的桃色的左腮总有个圆圆的突起，她不用牙去咬碎糖果，她是爱生的姐姐。

“这辈子，我姐姐不会出嫁了。”爱生说。

“她比过去漂亮了，她是不想这么早就嫁人吧。”小满说。

“好吧，谁会知道这些事。”小满又说。

他们在外屋洗了一下，吃完爱生母亲留着的饭菜就睡下了。睡一条炕，萍青、爱生母亲、爱生和小满，顺序就是这样。夜行火车经过这栋平房，朝渺茫的长夜深处驶去。小满躺着，听到萍青均匀的呼吸，萍青的肩膀在夜中出现暗灰色，他曾在自己屋子里也见过这层颜色，以后就消失了，像叔叔一样离开，融化在黑暗中。当他回想这个情景时，萍青均匀的呼吸逐渐袭来，是一种温和的，他不曾记得的声息，但此刻却缓慢地抚摸他，使他睁开眼睛，想到了过去，小满已经是拥有“过去”的人了，虽然他还很小。

3

冬末的日子十分缓慢，遇到寒流来临，街上的雪水又冻得铁硬，推土机嘎嘎地开动着，铲开方石路面上的陈雪和冰凌，那声音带着季节的色彩，难听，却又是必要的。小满和爱生站在路边，看到城市下坡那些密密麻麻的烟囱正在冒烟，而近处淡黄色的临街建筑，裹着稀薄的煤烟的蓝雾，一直飘到街道上空，和那些寒冷的榆树枝混合着，消散着。

他们两人把衣领竖直，哈着热气，低头在街上走，看到拉车的两匹马正低着头从坡下朝远处走去。寒风呼呼地从路口吹来。小满说："太冷了，明天会有活干吧？还是待在家？"

“我们走走吧，走吧。”爱生说。

他们走过了两条街，并不知道去哪里走，哪里暖和一些，他们想看一场电影，但时间对不上，只得走开了。一列电车嗡嗡地过来，扬起铁轨里的雪粉。小满说：“瞧，谁跟着我们。”爱生转过脸，看见不远处那个叫华华的男孩子。他说：“讨厌。”

街上的景色阴沉，脏土和房子里排出的水都冻在一起，成为高高低低的冰坨。两人放慢步子来到电车站。爱生对小满说：“看来这孩子也挺可怜。”

小满注意到，华华朝他们走来，一个文静的男孩子，比他们小得多，只是他老愿意跟着他们，两人去煤场干活的事儿，就是华华告诉学校的，他爸爸叫文志强，在学校当老师。

这个文老师，曾经跟萍青好过一阵，后来跟别人结婚了，吃过萍青递给他的好些糖果，以后就不来玩了。

两个人在车站的冻土上跺着脚，朝手心哈气。华华在不远处站着不动，小满朝他笑笑，朝他招手，于是，华华很高兴地走来，经过光滑的马路时，就势在冰上滑溜。

“站着干吗？你爸爸会骂啊。”小满说。

“去外婆家。”他说。

“我知道。”小满笑着说，“咱一块玩吧。”

华华没说话，他的脸并不像父亲文志强，像红苹果。

爱生走来，拉住华华那干净的棉猴说：“咱一块好好玩吧，真乖。”

一辆电车哼哼着晃过来，窗玻璃七零八落，拉手圈在车里乱七八糟地摆动，没有乘客。卖票的女人捂住黑色票夹冲他们扫了一眼。小满说，再等一辆试试吧。他咝咝哈哈捂住耳朵，跺着脚。华华安静地站着，看小满脚上的破靴子。小满说：“去哪儿好呢？说说。”电车醉鬼似的开走了，街上恢复了平静。华华小心地打量他们。爱生看看四周，忽然绷着脸架住了他，不费力就把他弄倒在地。爱生说："去你外婆家吧。"华华的棉帽子被小满反扣着，哭声并不响亮。小满按住他时，觉得身体挺软，身上有雪花膏香味儿，他侧过脸瞧着爱生，两个人撅着臀紧按住华华，然后一齐放手，飞快地顺着街沿跑，直到拐过街角，才靠在一个冻透了的下水管道旁，听到来自车站那孩子的声音，哭着嚷嚷什么，但声音被驶近的推土机的声音搅了，听不清楚。

小满瞧瞧爱生，两人回复正常。街上的空气凛冽清新，压实的雪在铁铲下崩裂，散发出好听的声音。他们不知怎么感到了一阵快意，在镜面一样的街沿下跑动，滑几步蹭几步。小满感觉，这一阵奔跑是本没有预料的，有意思，没有预料的事情才有意思。他们甩掉了那个叫华华的孩子，心里引发出一种轻松，感觉平静多了，这过程把两人心中的寒意驱散开，觉得温暖。

他们来这条街的次数不多，顺着路一直下坡，是熟悉的厂区，他们只是站着，看了看那些熟悉的房子和烟囱，其中的机器厂曾是小满叔叔的工厂，以后虽然走了或死了一个工人，烟囱仍然冒烟，仍然和过去、再过去是一样的，没什么区别。他们转过身往南走去，那里长着粗壮的榆树，是一条整齐米黄色建筑的宽大街道，积雪在高远的穹形屋顶上留下厚实的部分，洁白而有规则，被密集的灰色榆树枝条遮挡，那是他们很少注意到的冬季细节，看久了黝黑的厂区和一列列装煤的货车，此刻被宁静的景色替代，产生一种肃然起敬的心情。

两个人在一处冰场铁栅栏边，朝里看了看，有几个孩子在玩。天气阴沉，一个穿红色衣服的小姑娘不经意地滑向这里，又交叉着腿拐向弯道，远去。爱生看着她，知道没有人会注意自己。

“你会吗？”他问小满。

“会一点儿。”

“我也是。”爱生说。

他们顺铁栅栏一直朝南走。小满知道，爱生并不像他说的那么糟，滑得其实够标准，到弯道一般是背着手，一些小钉子顺着放松的手指缝落了下来，只要他来滑冰，那么冰场的弯道上就留下了这些钉子，他一直在干这种事，希望那些好看的小姑娘一个个摔倒。小满觉得很乏味——看起来有趣的事，实际是乏味的，小满总这样认为。

没预料的事发生了，才有意思。小满说。

此刻他想到了叔叔叫喊的场面，突然含住了那块铝片，这是机器试样的第一个像章，接着他想到静静躺在杂草里的火车车厢，已经躺在厚厚的白雪当中了，谁知道火车出了事故。

没有预料。小满想。

俩人慢慢走着，踩着没有痕迹的厚厚的积雪，经过了广场的西南角，就看到那边立着一对大铜人纪念碑，这是苏军铜像，他们俩还是第一次走这么近，这里突然就静了，雪稍稍发亮，变得松软，在他们脚下嚓嚓作响。“他们盯着咱们俩。”爱生说。小满看看四周，看眼前，不知道爱生说的是哭嚷着的华华，那小男孩，还是指别的，糊里糊涂被什么念头牵扯着。小满不想说话，站在雪里，感觉空中流淌着铜人在寒风里散发的嗞嗞声，感觉自己突然乏味起来，走进一个无声无人的所在。他记忆中的叔叔或者萍青，都变成了含糊的幻影，白蒙蒙的，听不到他们的声音，几乎已经被深踏在脚下的白雪里，很厚的积雪异常松软，无声地等待着他，有些顺不过气来，他在发出嗞嗞声的寒风里发呆，然后，被冰场孩子的尖叫声所切断。这时他注意上方两张铜脸，慢慢走近时，看清楚它们的瞳仁是中间有小的突起的一种黑洞，除此之外，一切都像真人一样，只是不会动弹罢了。小满感到有点冻脚，他穿着的破靴子是叔叔的，下面有叔叔钉的铁钉，在雪地里变得毫无声息，他想走开，似乎再这样站会儿，他和爱生会手拉手冻在这儿，冻在这高高的有花饰的台座上，他俩的眼窝也会成了这样的小洞。

“它们用多少斤铜堆的呢？”爱生赞叹，“杂铜就得两块来钱一斤。”爱生在石座边走过。左顾右盼，希望发现周围有什么新的痕迹，埋在雪里的灌木丛像是乱铁丝，远方那些破烂车厢此刻也被雪埋了吧，远处冰场的孩子们都走了，那嗞嗞声继续在耳边回荡，空中仍然宁静而寒冷，爱生的样子呆呆的，像个傻子看着远比他高的铜像，呆站在雪里，眼神比铜人的模样还死板。

“快走吧，快冻死了。”小满说。

“我饿了。”他嘀咕着跳了一步，说，“走吧。”

他们慢慢往广场中心走去，“想什么呢？”爱生说。小满望了他一眼，没有吭声。干雪顺着小风在地面上颤抖，一切都在毫无知觉中慢慢地晦暗，云间那缕灰色残光，穿过房屋，在铜人身上发亮，然后逐渐消失。

“你叔叔的活儿，比造这两个铜人难得多。”爱生上下牙打了个颤，缩着脖子说，“那可是更精细的东西，也不是压铁勺子、压钥匙那么可以随随便便。”

铜人在他们身后逐渐变小，严寒下的嗞嗞声并没有减轻，他们嗅到了街口汽车排出的汽油味，从这儿看去，两张铜脸似在微笑，风景恢复了常态，掩饰了那些眼窝的黑洞。

“知道吗？突然我想夏天了，夏天挺好的。”爱生说，“老弟，你怎么不说话。”

小满看看爱生，爱生也看他，他们都不想再说些什么，重新拐过了大街，往下坡往自己住的街区走，眼前的旧雪恢复了深灰色，工厂的锅炉房冒出蒸汽，像有口巨大的蒸锅在暗处翻滚，把白色的雾气直逼到街道上，火车站也近了，错落有致的汽笛声，灵巧的高音和深沉的低音，从盘踞着的机车的跨线桥顶端飘撒下来，漫过发亮的机轨和变浓的黑夜。

他们饥肠辘辘，准备回家。

4

小满对爱生一直没有把握，经常不能猜到他在想什么，他比自己大两岁，有的地方却很蠢。当初他们一家搬来小院时，小满就感觉爱生经常干蠢事儿，他眼神就这样，直直地看人，看得死死的。那时时兴交换像章，小满眼见爱生听信了坏孩子的话，把少见的一个四方“金光”像章，换了最普及的那种红纽扣式的小圆像章。小满把他带到自己家，告诉他吃了亏，做了件蠢事，可是爱生却忽然生气了，照着他脸就是一拳。俩人就是这样才认识的，好在从此再没这样吵过。

当时小满叔叔很忙，不知怎么也就和萍青聊天了，是邻居的原因吗？叔叔歇班的时候，萍青就来串门，以后有一天，萍青说，要叔叔帮忙做什么活儿，叔叔不知怎么就紧张起来，看了看萍青，又看看门外的小满和爱生。小满坐在门槛上。叔叔说，你出去玩吧，去吧。小满不动，萍青笑着瞪了叔叔一眼，转头对爱生说，去玩吧，把你弟弟领着到大街上去走走。

小满就被爱生拽走了，他没办法甩掉爱生的手。

“我不知道谁在干蠢事。”爱生说。

身后那个小院静静的，偶尔有火车汽笛声从房山那边传来，院里只有叔叔和萍青，他们对小满都不错，但并不相信小满。

两个孩子就拉拉扯扯去了江沿，他们去看驮着大冰块的马车顺着下游朝这街道上走来。江水仍然冻着，马车把凿下的大冰块运到冰窖里去。小满有些不高兴，答应爱生看看就回家，等他们到江面上闲逛，被寒风一吹，小满就忘了自己正在生气，他拉着爱生看人凿冰，看他们在冰面上打洞，虽然静站一会儿就感到冻脚，却记住了寒冷的浅蓝色大冰块迸裂的情景。

此刻，小满记起萍青的眼睛里漾出愉快的神情，她对叔叔说，你说话，怎么哑巴了？叔叔嘴里含着糖块，朝小满笑笑，他的模样特别陌生。

以后，文志强找到这个小院，是为爱生在学校打架的事来的，文老师很和蔼。当时小学校没复课，是爱生在操场跟另一个孩子一起惹的祸。

小学校的几个教室，被中专的一个兵团占领了，那些人把课桌椅堵在两边的楼梯口，堆得很高，剩下的几个教室光剩下黑板，不久，兵团放弃了这个地方，但是课桌椅还在那儿堆着，一直顶到屋顶。

文老师常在这些教室里走来走去，有时就来爱生家找萍青聊天。学校里没有人。文老师不参加什么组织，但是住在教工宿舍的底楼，靠近邻近的师专。有一次，爱生经过宿舍，看到师专的一个女教师的影子在楼里晃了晃，爱生知道，她是从围墙的缺口爬过来的。

小学校和师专都长着荒草，那里地势低洼，夏季有许多蜻蜓。下大雨，底层的宿舍楼也会漫进水去。一次小满和爱生找到文老师住的那间房，发现房里也进了水，门没上锁。他们试着进屋，看到了文老师搭的床铺就架在水里，有他的被子和枕头，他不在。眼前是一屋子的水，周围什么声音也没有，窗外是师专荒芜的景色，他们感到乏味，想到楼上堆满课桌椅的走廊去玩。他们发愣的时候，文老师的铺底下发出“咳”的声音。小满睁大眼睛，不敢走近，记起街坊大人们说，小布口袋装一只青蛙，撒一些烟灰，系紧袋口，不久青蛙就会在袋子里咳嗽，像老头那样喘气。通常是把这样的口袋藏在新娘的喜床下面，等新人上床，袋子里的青蛙就咳个不停。

但是，文老师的铺底下静静的，过了一阵，才“咳”地作响。两个孩子迷惑不解，弯下腰想再看看，铺下“哗”地发出水声，渐渐地，那里竟然浮出一本本的小册子。水很深，是那些兵团和街上散发的宣传小册子，慢慢从黑洞洞的铺底下浮出。文老师有许多这样的东西，他是喜欢这些油印小册子，才藏在铺底下的？他们想。

到了第二年的秋季。

萍青对小满说：“你叔叔死了，你知道火车出轨的事吗？”

她的眼睛里仍然存着愉快，有点紧张地拉住小满。看着他。

爱生和小满都不知道火车出轨的地点，他们那时并不认识巡道员黄全。

“你走开。”小满说。

“工厂是很大的。”小满这样对爱生说。他们来到机器厂，是以为叔叔和谁吵了一架才走的。试模工人说，什么事也没发生，是自己紧张吧，像章模具最怕出错，发现出了错，他就喊起来，不知是怎么闹的。

他们走出厂门，得到工人送的几个纪念像章，都已经上过玻璃漆，装了别针，样子很漂亮。

这就是你叔叔造的模子，他以为有错，实际上没有错，我们看过了——工人这样告诉小满和爱生。

——他拿了试模具的那个毛坯，爬出围墙就不见了，他把像章含在嘴里。

小满和爱生愣愣地看说话的工人。

叔叔的模样，就此牢牢停留在小满的眼前，谁知道叔叔是不是抓着车厢的铁扶手走的？还是真已经死去？叔叔的脸变得不再清晰，小满不再想他。他和爱生爬过动物园的墙头，到一个个笼子前看动物，小满拍打笼子吓唬猴子，爱生把柳树条伸进铁丝网里逗弄着它们，嘴里胡说一阵。

光线柔和的铝板，由工人逐渐喂进模具，咣的一声整个机器的上半部似乎陷入下去，将铝板轧出圆孔，与此同时，银圆样的像章坯件顺着铁桌子溜下来，滑入放着的竹筐。像章的头突起在这个坯子上，眼睛、鼻子、嘴巴都很清晰，也硬硬的有了光彩。

“呵，原来是这么造的。”爱生说，“真了不起。”

“当然，我叔叔就在这儿上班，瞧，他就是干这活儿的。”小满大声嚷嚷着。厂房高大，充塞着机器咣当咣当的回声和机油的气味。

“机器多厉害，多重。”爱生说。

“工厂嘛就这样的。”小满说。眼前突然跳出了叔叔的脸，小满有一点儿想他，而在以前，小满是根本不想的，发了工资，叔叔买苞米面，买煤，有次是买烟卷，给小满买一支铅笔，叔叔的话不多。

小满感觉自豪，陪爱生到工厂来，他自己也有些吃惊，以前他没看见过这么大的机器和房子，他们总算看到了这样的地方。

咣，咣当。机器上半部分忽然深陷下去，一个个银白色坯子滑入竹筐，铝板伸过冲床，留出整齐的圆洞。

爱生痴痴地微张着嘴，让小满感到一种蠢样，他过去搔搔爱生的脖子，希望爱生此时跟他打闹，可爱生动也不动。

他们从工厂回来，耳边仍然响着机器的轰鸣，爱生没来由地说："你叔叔一定是没有死，也许跑到外地同样的工厂里去了。"

"谁知道。"小满说。

"外地也出像章嘛，我就有好些那样的像章。"爱生说。

终于，叔叔没有回来，没有任何消息，一年过去以后，他们发现了这些从没见过的、漂亮的像章开始在别人胸前闪烁，但没有发现叔叔。

5

冬末的阶段冗长，却也是孩子们充满期望的日子。铁路桥下的河水凝固了多时，仍然一片雪白，在苍茫的夜色映衬下，河舒展地铺开着，与远处冰封的江面汇合，似在这寒风中流动不息。那些钢铁制成的桥梁横跨于上，灯光闪烁、机车鸣号时，钢铁轰然作响，冰河显得柔顺而静寂了。这里没有树木，没有鸟雀，但孩子们已经感觉到春天正在临近。他们替那卸煤的男人们扫车皮的煤底子，看他们去酒馆喝酒。夜晚已经来临，在茫然与期待之中，他们一步一步回家。

“有一天黄全大睁着眼睛，盯着铁路弯道那个洼地，黑夜里，那儿常常忽闪一盏号志灯——我可不信他的鬼话，不可能的事。”

黄全的替班，每次也见到了号志灯，听到叹息声音，后来这个替班就得病死了。

新替班是个小青年，从此没遇见过这样的事，黄全也没有遇见过。

“那是鬼话。”黄全说。

铁路的情形是相似的，小满和爱生听黄全闲聊，逐渐离开城市。巡道小车上装着道钉锤、螺丝扳子。黄全滔滔不绝重复这些话，小满和爱生就开始沉默，觉得很烦。在凉爽的夏夜，他们跟随黄全走过几次，但到冬季，他们只愿目送他慢慢远去，春秋季节，这条铁路是最为熟悉的，也是黄全觉得烦的时候，觉得他们俩厮跟着在铁道上走，很是讨厌，但整个冬天，他又感到寂寞和无聊。

“也许这人饿昏了吧，眼睛发花。”爱生说。

“也许吧，可是谁能信呢。”黄全说，“不是每夜都能遇见什么，该他倒霉。”

他们跟着巡道工走下路基，让夜行列车驶过，然后又爬上路基，夏风迎面吹拂，送来洼地苇子的潮味。

第一次遇见并认识黄全的时候，就听他讲这件破事。

黄全相信这是个大冬天，洼地那儿冻实了苇根。那巡道工抬眼望去，夜晚的苇子白花花的，跟雪地差不多，来列车时，司机老在这里打蒸汽，苇子全结了霜花，巡道工悠悠地走在路基上，最后瞧见了路中亮着的号志灯，他还不熟悉这个路段，手拿螺丝扳子愣在那里，后来，什么都恢复正常，因此记住这个地点，打白班时查看过一阵，这只是个洼地，以前这儿翻过车，有什么呢？

两个孩子对黄全的话感到厌烦，但还是接受了，因为巡道工的死去，使这件事既可信，又显得模糊。

为什么要以死来作为代价，谁也不清楚，只是这事果真让他们记住了，留在他们心里。虽然厌烦，却知道那个巡道工是死了。

“他是想不上夜班吧？后来犯心脏病。他该死。”每当他们听了黄全的话，就这样打断他。

以前铁路出事就在洼地的那一段。他们跟黄全经过，洼地里有水，有苇子，近路基的地方长着灌木和杂草。那列载着“串联”学生的车就这么出轨了，车头和餐车上的煤火点着了草木，有说是很多人受伤，但没有撞死的，这是万幸。

夏季时分，小满会坐在铁轨上，爱生脱了衣服，在浅浅的洼地积水里站着，像是要游泳，但神色已经后悔。城市趴在远方，犹如一堆焚烧着的破烂。每当此时，小满都能感受到煤场所没有的宁静气氛。离开城市，即使与洼地的那些破车厢相隔不远，他仍然感到满足。

他渐渐感觉，即使是夏天的黑夜，巡道工抬眼望去，那些苇子也许与荒地一样，巡道工悠悠地走在路基上，或者让夜车过去，注意路基上的铁轨是否松了螺丝扣子，这是他的工作，他会发现路基上有白花花的一片东西，初以为是瓶盖儿，列车会扔下一切东西，包括娘儿们的手纸，黄全脱下手套，按在那个金属片上，用挂在小车上的灯照亮它，发现这是个像章的半成品，突起着的脸，鼻子，嘴都很清晰，这时又听见了喘息声，该是穿工装裤的工人的呼吸吧，它飘浮在铁道上，回旋在缓缓滑行的四十吨低栏车皮上……小满睁开了眼睛。

他觉得这想法很荒唐。

洼地里只有爱生断断续续的嗓音。爱生在号叫。小满站起身子，看见那片浅水，看见水中的爱生同时，那些残破的车厢也历历在目，它们一年年在锈蚀，他郁郁不乐，也许因为胡想这些，他觉得自己很荒唐。

远处是巨大的机车转向盘，
在灯光里时隐时现。

“可我说的是真事儿。”黄全说，“王八蛋才蒙你们，人家就这么说的。”

“他是胡说。”爱生说。

“我会蒙你们？”黄全说。

“这事跟我们没关系了，不关我们的事。”爱生说。

爱生挤开小满，他们对黄全挥挥手就离开了。

一路上，小满想到黄全的模样，感觉有点头晕，恍惚自己深更半夜趴在铁道边上，等待巡道工过来——那位已经死掉的替班。小满的脸冲着枕木，压得低低的防备他察觉，感到像个等火车自杀的。道砟确实有臭味，臭！真臭！真臭！巡道工过来了，扶着小车，铁轮子一前一后滚动。小满看着他一路在注意什么，只是走着，看着一路的道钉，然后是滑跌着跑下路基——灯光里冒出大缕尿气，看样子，他是过分重视铁路了。

这样地想一想，小满像是自己曾这么走过一次，感觉自己很荒唐，并不比爱生的蠢样强多少，这样胡思乱想，有什么趣儿吗？疑心叔叔的事，疑心别人的编派，这样想有什么趣儿吗？

那几节客车车厢继续在草棵子里朽烂，铁轨扭曲着，他们看到车轮，碎裂的车窗都保持出事时的样子，这地方非常宁静，声音藏匿在这些破烂中，几乎消失了，只有植物在生长，从黑暗的孔隙里伸展到阳光下，缠绕着这堆遗物。

在路基上可以看见那些窗洞，有两节车厢是倒置的，窗洞也是倒置的，他们几乎没有再走近些，后来，就慢慢离开了，走出老远，发现车厢隐没在绿草里，年复一年，草开始长得浓密起来。

“你叔叔死了。”萍青静静地说着。

一定是死了。小满想。

风无声地越过眼前的绿草，躲藏到阴影深处。这天他们爬入了这一堆铁路废料，爱生不断用柳条子指指戳戳，小满熟识的气味涌过来，这是钢铁的腐朽气息。爱生跳上了车厢连接处，发现了一个灯泡，他曾经喜欢拧下汽车小灯泡，先是看看车尾的灯罩是否松动，然后把小灯泡弄到手，这样收集了好多，虽是低压灯泡，没什么用处。此刻小满也跳上这节车厢，弧状顶棚积着雨水，那些破烂的车座悬在高处，是一个倒置的环境，水很暗，有水蟑螂和蝌蚪游动着，时常也躲入到莲花状的烂风扇下。爱生用一块石头敲打那块“定员120”铭牌，想弄下来带走，但无能为力，只得放弃。两人环顾四周，看着上方倒置的、悬吊着的一排排座椅，有的只剩下烂铁架子，似乎不那么整齐了，靠背和椅垫都悬挂着长短不一的漆布条子，有风掠动，柳丝一般地摇摆。两人在近水的行李架上坐了一会儿，爱生说起了那些小灯泡的往事，很想从这车厢里带些什么回去，但什么都没有，那些灯罩和灯泡都淹在水中，明显是破碎的，灯泡已经发黑，因此长吁短叹。他们小心着从车厢里走过，踩踏发黑的行李架子，用石头敲打破烂的车窗，拉下那些枯叶一般的窗帘，然后爬过列车的厕所，仰脸看悬在头顶的残破便具，那空洞透着依稀亮光，像一盏关闭的灯具，周围没有一丝臭味，没有风，没有人的声响，比整排悬空的座椅要完整一些，水管的油漆早开始剥落，但没有长锈。厕所顶棚显然已经是脚下一块潮湿的平台，他们俩站在上面，打算撬开这些带着小孔的木板，看里面有什么，可没有工具，也没法找到代用品，事事不那么顺利。他们只得离开厕所，站在杂乱的门窗碎片上，朝车厢的走廊里望，仍然是悬吊着的座椅，积水。声音都躲在暗处，那些碎玻璃片和烂木板，被爱生踢进积水里，像是黏粥一样没有声息，吞没了这些东西。蝌蚪和水蟑螂都消失了，好久也没有浮上水面。

“这里没有值钱的东西。”爱生说，“也没有蛇，什么也没有。”

泛有微光的车厢深处，回荡着这句话，那儿隐隐聚着水雾，像树丛的黎明时分。有一阵，小满依稀见到他所熟悉的人都挂在那些座椅上，垂下长短不一的头发，但瞬息之间，那些头发已成为布条。他感觉这挂车似乎还在开，朝一个黑暗的林子里行驶，然后进入山洞深处，此刻，盛着锈水的车厢恢复了平静，水面浮出深色的小眼睛，它们那些不易觉察的瞳仁正瞅着自己，在水中舞动。爱生也看见它们了，他把一些能抓到的破烂投入水中，水底的风扇和灯盏的玻璃片暗暗碎裂着，似乎它们高兴这样碎裂，这会牵扯小满的那些胡乱的想法。水花黏稠地跃起，与那些烂木板一起沉下去。这里焕发出死的光彩，同外界有距离，有隔阂，这里已经好久没有人来了，没有人关注这堆无用之物，也没有人声和人的气息，这里早已经不存在了。

6

萍青喜欢含着糖果，她撕开糖纸，将糖果含在嘴里，一边踩缝纫机，口中一边细细嚼动那颗糖块。

腮上突起一块皮肤，从左腮移到右腮。

“她是个不错的姑娘。”小满的叔叔说。

三月二十日，机器厂那边亮起火光，子弹把厂门打出一排排圆洞，这一天，文老师在路边看到小满，便拉住他一起躲到小满的院子里。枪声把小满的耳朵刺疼了，他只看见远处天空的浓烟。文老师拉住小满，很平静地朝他住的院子走，街上仍然有很多麻木的行人，像是不知道那边已经出事，可文老师是明白的，似乎那种气氛会逐渐漫延到这里，肯定会这样。

文老师是个不想惹事的人，说话和气，他没说自己是害怕，还是只想看一看小满的家，他认识爱生，以后又见过一次萍青，但没见过小满的叔叔。

当时他们走进院子，原想就这样站一阵，但他们看到爱生，他正在闲逛，家里锁了门，他没有钥匙，他以为文老师是想到家里来，才这么表示。他对文老师很冷淡。小满没多想什么，解下挂在脖子上的钥匙，打开家门，三人在院子里还没说什么话，小满就把门打开了，三个人都走进屋子，看见萍青衣履整洁地站在墙边，床上坐着的叔叔紧裹被子，地上有一堆他的衣裤。

以后，萍青仍然喜欢糖果，仍然对小满说话，但没有再到他家串门，她对叔叔讲话更客气了，脸上带着笑容，对小满说话，始终也含着这样的笑容。

文老师很少来，有些心不在焉，萍青也心不在焉，双方都有些严肃，不讲没用的话，文老师给萍青买过几盒糖果，他看看萍青突起的、桃红的腮，不怎么说话。

因为手头越来越多的模具活儿，以后叔叔住到厂子里去了。

萍青让小满上她家吃饭，让爱生来拽他，小满只能去了，心里说不出萍青是好，还是不好。

“你叔叔今天走了。”萍青说。

小满低头吃饭，在桌子底下踩爱生的脚，爱生不时叫喊着，说脚趾疼得厉害，脱下鞋想给小满看看，“真受不了。”他说。

小满呆呆地看萍青在屋里干活，看她把一沓沓的布片做成鞋垫。文老师来串门，萍青很自然把那些东西搁下，她清楚文老师是个老师，是教学生的，等学校开学时，得让学生们擦黑板抹桌子上课。

以后，文老师就不来了。文老师和一个有孩子的女人结了婚，她是师专的物理教员。听说是被一个男人撇下才跟上文老师的。

黄全说，事儿就这样别扭，你小心管着铁路、道钉。铁路是等着火车。火车是等着旅客来坐。那些客人想的，是办事，回家。

小满觉得乏味。

小满和爱生很晚到家，吃了留下的饭菜就睡了，他们睡在一条炕上。夜行火车经过这栋平房，朝长夜深处疾驰。小满听到萍青均匀的呼吸，她的肩膀在夜中是暗灰色的，他曾在自己屋里见过这种颜色，也看到听到叔叔的颜色和声音。汽笛声浑厚轻柔地重复交替，召唤小满，把这座小房切开，似乎在提醒徘徊在铁道上的那些人，包括黄全。其余的孩子都将熟睡，没有人会注意这汽笛声。

“我不想再这样活了，觉得没意思，现才知道没意思。”萍青说。

火车呼啸着奔向远方，客车车厢将灯光留在这栋房子里，很急促短暂地留下薄薄的光亮，眨着眼睛，然后永远是黑暗。火车呜咽着，沉重的身躯碾轧路基，把火热的蒸汽留在黑夜里，然后消失了，那一刻世界都倾听它的到来，然后突然地宁静，裹挟一切声音带向远方。

小满翻了个身，很想忘记这些事，想坐上这列火车快速离开，汽笛仍然在远方轻柔地诱惑，抚摸他的肩膀。这一夜，他被铿锵的车轮声包围，但一次也没有梦见火车相撞或滑出路基，这是无法预料的真事，连最熟悉铁道的黄全，也想不到这情景会是怎样。小满留神着下一班火车的到来，猫在这个间隙叫着，冷酷，热烈，也很为难，夏季的洼地上，一切明亮清晰，在平静中匆忙制造无数故事，什么都像是新的，亮的，把过去掩埋，冷却，遗忘。

“我觉得没有意思。”萍青的声音追赶着黑夜，追赶沉睡的小满。

萍青认识两个男人，叔叔，文老师，除此之外没别的机会，她认为没有机会。

她的眼前堆着破布，鞋垫摆在炕上，那是陌生的大大小小的脚印，邻居娘儿们用肉肚子挤着小满，示意他离开，同时收拾做好的一些鞋垫。“出去玩吧，去找爱生玩。”萍青说，“好好的别惹事儿。”

萍青以做鞋垫度日，领来的碎布大大小小，黑的，蓝的，像街上的颜色，布堆里藏有陌生人的气味。她干得不急不忙，水盆里浸着磨石，有几把剪子。剪成的布片子顺窗台摆齐，两头圆，中间瘦，纸牌算卦那么层层压着，似乎是无数个脚印。

“她一点都不腻味。”爱生说。

几个邻居娘儿们常会走进爱生家。于是两个孩子立刻走开了。

过去正在逐渐消失，在平静的现状下消失了。

火车呼啸着滑向远方，火车隔五分钟就拉响一次汽笛，声音由车站那个方向传来，散布在黄昏、深夜，与清晨。叔叔静静地看着小满，然后对镜子刮脸。他走了。小满翻了个身，似乎发现萍青就在眼前，她摸摸小满的脑袋，“晚上睡得好吗？听见什么了？”小满摇头，仍然渴睡着，眼睛迷迷糊糊，无法看清她。“说说。”萍青的手指按住手腕，像给他把脉。“孩子不说谎。”她浑身散发着热乎乎的被窝里的味道，嘴唇光亮。

“是躺在铁道上，两边来了火车。”

“你在做梦，小满。”

“有些害怕，我看着车头的大灯。”

“就坐起来了？”

“没有。”

“咱们院紧挨铁道，谁都这样做梦。”萍青说。

她的手掌很软，乌亮的大辫子忽闪着，然后消失，像是小满的梦。

这样的记忆，只零星地残留在小满的记忆里，除了叔叔的机油味儿，他嗅到小风的甜气，天空很暗，一阵阵汽笛声和调度混浊的嗓音在午夜回荡，每晚如此，梦中两列火车相对疾驰而来，小满出了很多汗，头发都粘在亮闪闪的铁轨上。他很着急，叫喊着坐起身，什么都消失了。软软的胳膊滑动着搂住他，像是一种依靠和抚摸，远处的汽笛恬淡地传入他的耳鼓，他感觉安全，火车仍在飞驰，夜中唯有叔叔的鼾声，灰色柔软的手臂搂住小满，静静安抚他，散发着热乎乎的被窝的味道。“睡得好么？”萍青说。黑暗里似乎剩下这句话，犹如猫的呓语。一阵阵甜爽的热气拂来，猫无声滑过黑暗，轻灵，柔和，显出它灰色的剪影，至多只能分辨出轮廓，它发亮的眼睛。

小满睡了。

煤场的活儿并不很多，遇到空闲，他们就去调车场看一队队车皮，偶尔也扒上一列缓慢滑行的货车，在风中坐一阵，爱生身轻如燕，模仿调车员的姿态，几乎是贴紧车皮就上去了，小满总是犹豫，随列车奔跑，等尾车过来前才咬紧牙，最后抓住了铁扶手。等他爬上车皮，会看见爱生顺前方的闷罐车顶渐渐走来，衣襟飘舞，脸上毫无表情。如果是晚上，他们可能会被那些蜷缩在车皮里的盲流吓一跳，看到这两个陌生孩子，对方也吃惊不小，但会安静下来——两个少年并无威胁，不是专抓他们的铁路稽查。他们往往是一家老小，或好几个家庭，从关里的某个小车站扒上货车，知道这样可以去“关外”，家乡的祖辈人，也是这样经铁路走向异乡的。

孩子们的热情是短暂的，尤其看见黝黑的一对对眼睛在帆布缝隙里窥视他们，兴味索然。火车逐渐疾驶，一团团灰白色蒸汽扑面而来，冻红了他们的脸和脖子，爱生使了个眼色，便消失在车皮的一侧，此时，小满希望列车减速，能在驰近大弯道时跳下火车。等他磕磕碰碰落在松软的杂草丛里，整理自己的棉袄，戴上棉帽子，独自往回走，路基变得空荡无物；他在铁道上跳跳蹦蹦，吹口哨，很远便看见前方孤零零的人影，像棵小树那么立着，爱生在等他。月色皎洁，铁道闪出银色的两条窄光，几乎没有尽头，等两人走近，爱生抓紧对方，在枕木上无声撕打一阵，或者依次躺下，万籁无声，巨大的天穹闪耀着神秘的星光，他们看着眼前的天景，静静地躺着，这可能是忙乱一阵之后最好的休息办法，那列火车已经消失，洪亮嘈杂的钢铁轰鸣突然消失了，大地陷入无声的状态，像小满和爱生所希望的那种宁静和舒适。

“真想去别的地方。”爱生说，“货车上坐着那些人，都在挥手，是要我一块儿走。”

“是告别，你可以去哪儿呀？”小满说。

“天太冷，会冻僵的，可我想好了，咱们夏天扒车往南去，往北也可以。”

“准备一下，是不是就走？”

“当然。”

这么高兴地议论一阵，他们最后是打算去北方，一车一车的知青都去北方，货车里那些盲流也去北方，这增加了他们的信心。

“可以挣很多钱。”

“应该的。”

“如果我们也坐货车，就问黄全，他知道几股道上的货车都发往哪儿，走多长时间。”

“是哪儿？我们在哪儿下车？”

爱生犹豫着，看着那铁道伸向的北方，心事重重地说：“得多穿衣服，别忘了。”

此刻，他们可能同时想起卸煤时见到的死人，是严冬季节，等火车停在煤场下货时，死尸才被发现；有时是一个人，有时是两家八九口人都冻死了，被卸煤工搬下了车皮，或者经铁道小吊车卸下来，平摆在雪地上，身上盖了些麻袋或者帆布货篷，正逢下雪，死尸就逐渐被白雪掩盖，浑如道砟边的枕木。

黄全说，这就是“闯关东”，关里那些家伙，只要认出了开北方的货车，就敢上，以为货车都是慢车，是开开停停，如果万一碰到了直达车，昼夜不停，他们就被冻死了。

“该在一个小站先下车，可以步行。”爱生说，“我们可不那样，等夏天吧，到个什么地方，再找活儿。”

“走前别忘去车站，看看铁路图，”小满说，“找到通铁路的地点。”

铁路一直有亲切的感觉，他们离不开这条交通线，日积月累的感情，忽然在小满胸中涌动起来，感觉铁路就是他自己，没有它是无法生活的。

“找个小站下车，我们下去再说。”爱生心事重重地说。

他们合计着，不再眺望铁路近旁的这座城市，也不再提车上的死人和冬季，却仍然是不踏实的，心里有点儿乱。天气寒冷，他们一步一步在枕木上走，脚底已经出汗，再以后，似乎就忘了这计划的烦恼，莫名地轻松起来，随便说着话，爱生又说到汽车尾部的那些小灯泡，洼地的那些破烂车厢，他总算来了兴致，总喜欢搞到一些不易到手的东西，这情绪感染了小满，他则是打算再去叔叔的工厂找一种厚锯条，可以磨成刀子，一种很锋利的钢材。

他们放松了，把棉帽扔过头顶又接住它，枕木在眼前延伸，似乎到达终点一样，城内的灯火近了，又显出远得不可触摸，灯光散发的磁力吸引着他们，刺破了暮色和那些轮廓线，朝他们眨眼。

他们刚刚合计出行的事，也暂时被撂在一边，出于本能，他们常提起它，也经常忘却。

7

水泥管道在黑夜显出清晰的灰白色，周围的树丛和杂草像是更茂盛浓密，似乎这不在冬末，而是初夏季节。街上无风，但寒气从小满和爱生的脚底逐渐渗透，他们有点冷了，但他们仍然蹲着，观察那些预制件里男女们的举动，而其实他们仍没有看清有什么细节，即使已经发现一对男女躲进路边这些巨大管道，随后就是黑暗，听到模糊的说话声，调笑声，看见管道在月光下灰白的轮廓，除此之外便是冷。小满的胳膊被爱生抓着，心里充满怨恨。他只愿继续在模糊的说话声中蹲守着。爱生在黑暗中安慰他说："再等一阵，怎么能走呢？咱们会被发现的。"他有些难为情，似乎有些后悔。

小满不理解爱生的居心，夏季时他们也曾看见一对男女从车皮前经过，夜已很深了，对方在车皮边拉扯起来，女的力图躲闪，想摆脱，却不说话。然后就是两人在黑暗中的喘息。小满和爱生当时趴在满车的西瓜上，脸贴着光滑的瓜皮，车下继续是低声的拉扯和喘息。爱生目不转睛地瞧着他们，小满最后抱起了身边的一个西瓜，直接投到附近的路轨上，声音响亮而突兀。车下的拉扯立刻结束了，那对男女一惊，若无其事地站直，然后相互保持距离一前一后顺站台走去，女的走得极快，几乎是奔跑。

小满说，谁也想不到，车上有人，车上还装着西瓜，人脑袋也是西瓜模样。

“真蠢。”爱生说，“看看那些事多好，干吗扔瓜呀。”

“吓唬他们，让他们走。”

“蠢东西，真是孩子。”

“知道会啪的一声，吓他们一跳。”

“可真响，准是吓坏了。”

“吓尿了裤子。”

“蠢东西，蠢货！”爱生搬弄车上的瓜，抚摸着瓜皮，“好好的瓜，糟蹋了不是？”

如果很晚回家，他们常会遇到这类事，在街角的暗处，在跨线桥下，一男一女面对面站着，讲一些什么，每次小满经过他们，就高声唱歌，吹口哨。爱生特讨厌他这种举动，特想捂住小满的嘴，希望拉住小满站到暗处，小心地瞧这些男女，不愿这么吵吵嚷嚷。小满不听爱生摆布，两人就这么拉拉扯扯的谁也不服谁，最后是在大街上瞎跑一段。爱生说只有小孩才这么疯，多让人讨厌。

“我不知道谁讨厌，”小满说，“躲在一边，那你瞅见什么了？”

爱生讪笑着说：“蠢！”爱生这样说着，就冷静下来，不再说话了。

有一阵子，小满和爱生挺注意师专那个女老师，有时候她带着男孩子华华出门买菜，她独自一人出现，是去师专上班。他们盯着这个女人，直到她离开，听见附近大街上电车的嗡嗡声。窄街伸开的榆树枝丫，不住地在风里摆动。女老师穿着朴素，脸上没有笑容，她一早急急忙忙赶到学校，是因为她负责看管着另一批“有问题”的老师们，在师专最偏僻的一座楼里听这些人“早汇报”，然后让他们集中到底层一间教室里写材料，她回到隔壁的办公室。

小满和爱生看她的背影，她身腰窄长，走得很快。

夏季，师专这栋楼前的大柳树，铺满了浓浓的绿荫。小满和爱生有一次上树，意外发现女老师裸着身子，在办公室窗前缝乳罩的背带，她边上有一台收音机。他们早就在树上靠着，阳光不能直接照射在他们身上，周围像一间封闭的绿色棚帐，爱生非常紧张，他们透过树叶，是偶尔听到了收音机播放一首进行曲，裸露着上身的女教师，是由音乐带来的，她就在对面窗前，缝白色背带的纽扣。

以后，小满常会想到这个女人，经常见她走过了窄街，见她挺着胸脯，平静的脸和姿态，想到了那首进行曲，像是小偷，他们常看着她的背影，不知为什么远远地看她，或者跟着她去学校。

当然，他们绝不会再爬那棵大柳树了。

副食品店离窄街不远，女教师常带着华华去买菜，那男孩边走边回头看小满和爱生，他们就冲他撇嘴，最后他们站在街口，看女教师和男孩走远，她穿着蓝上装，布鞋，脸上没有笑容。华华边走边回过头来，看样子他一直注意或者喜欢小满和爱生，他的眼睛不时注意爱生，这使得爱生很讨厌他。

他们只知道女教师是个认真的女人，除了学校和副食品店，基本不去任何地方，似乎没有闲心带孩子逛街。那个阶段当然也不是逛街的时候，她领着孩子就是买东西，脸上没有笑容，她对那个男孩，对学校那些老师们都是如此。记得以后，她就跟文老师好上了，跟文老师结了婚，她的表情仿佛也如此，小满和爱生没见她笑过。

小学校和紧邻师专的一角，景色都很荒芜，曾经热闹过一阵的校园，没有复课，草便长高了，兵团驻在小学校时，曾把围墙砸开一个大洞，为的是如果守不住，可有师专这条后路撤退，但这个设想从没实现过，没有别的兵团来攻打驻在小学校的兵团，虽然他们抢占了顶层教室和围墙，包括煞费苦心搞了很多“工事”，都白费了，不久便自行解散。

如果小满和爱生进入这座荒芜的校园，可以一直走上四楼，整个楼层的课桌椅仍然堆积在那儿，被人们垒起一个复杂完整的工事，也是一种可攻可守的堡垒。近两端楼梯处，只剩下弯弯曲曲的通道，可以阻挡大队人马直接攻入；里边的教室大部分空空荡荡，靠楼梯的两间也堆满了桌椅，相互是接通的；弯弯曲曲的过道旁都分成很小的间隔，里面有课桌椅拼成的床铺；有一些低矮的密室，拉有灯头，像为关押俘虏准备的；地上铺有棉门帘，供守卫们栖身；如果不开灯，一切是黑洞洞的，只有桌椅缝隙漏出的微弱光亮。

这个复杂的建筑有如迷宫，只有走进内部，才可以到达附近的教室，小满和爱生去过数次，却记不住具体有多少间，能住多少人，反正，这是挺有意思的地方，一样的桌椅，组成了不一样的空间结构，四楼原来宽大的房间和走廊，完全变了样子。

这座小学楼邻近师专，因为有墙上的大洞，小满和爱生可以从容走进隔壁的师专，可以在师专的荒草里漫行。这个角落里有师专最僻静的一座楼，应该是师专那些教师们的劳动地点，比小学校大很多，附近没什么人走动。他们知道二楼有生物陈列室，大玻璃罐里浸泡着几个死婴和人体器官，其中有些罐子已经打破了，破损的缺口里露着干燥的、酸白菜形状的物质，据说是某个器官标本。爱生不相信都是些真内脏，肯定是蜡制的或白橡胶仿的，即使他这么说，小满对这些东西丝毫不感兴趣，从来不会仔细辨认，感觉整个室内是灰黄色的，充满了这颜色引发的紧张。

有次爱生说，这些大玻璃罐里装的，大概是车祸的碎片。列车撞人的场面，让小满记起货场通勤口附近僻静的铁路，那里经常有人自杀，火车过后，路基周围的墙、树杈、板障子就挂着那些碎片。黄全也讲过，路基那些道砟应该是石头块啊，但会混有肉块，跟道砟差不多的那种块状物，滚满灰尘，不容易辨认，真石头一样，踩着了就是软的，或者粘鞋底，用力才能甩掉，知道不好了，那是肉。

他们走出陈列室，长走廊吹来的凉风带着潮味，还有暖气水管道的嘶嘶声，每个学校的厕所水管都一样的漏水声，两个人挨着在教室的破纸堆里翻找，除了兵团油印的大量传单，还有不少的旧化验单据，非常无聊。有一次他们走下了楼梯，在底层走廊凉爽的风里，隐隐飘来幽淡的雪花膏香味，随后就看见了女教师，她远远朝这里走来，挺着胸脯，身后有一伙拿着笤帚拖把的杂乱人群，小满和爱生立刻朝另一个大门跑出去，底层的楼道一直保持整洁，即使一张废纸都没有，他们知道，女教师带着这些人是清扫走廊和厕所的，她肯定不容许有外人在这里。

风中隐隐的雪花膏的气味，小满想到女教师赤裸的身体，他和爱生连蹦带跳地在荒草中跑，即使小满的心几乎悬在嗓子眼，仍然改不了这种讨厌的联想，没办法除掉她身体的回想。

“她从来也不笑笑。”爱生说。

“我不想再去那栋楼了，去好多次，有什么意思？”小满站在荒草里说，“老去有什么意思。”

“那想想，现在干吗？”

“去小学吧。”

从这天以后，他们不再钻师专的围墙，只在小学校范围转悠，至多冲围墙的大洞朝那边看一眼，师专确实不如小学校有趣。

他们常来小学校，不知目的，没有理由，等于跟着黄全巡视铁道，没什么意思，只是转一转。小学校迷宫般的四楼，适合小满与爱生的年龄，这地方没人，没有盛满尿液一般的昏黄的标本罐，没有雪花膏气味，几乎与洼地一样宁静，对小满和爱生说来，什么声音都消失了，可以躲在这个角落里，周围堆满了课桌椅，一直顶到天棚，像幽暗树林里的点点的天光，这工事仿佛是别人专门为他俩造的。

走上楼梯，钻进曲折的通道，一切都非常熟，爬进一个隐蔽的角落，仿佛更里面会更黑，周围分成数个小窝，铺着体操房的软垫儿，有半支蜡烛、一些宣传小册子，一件红缨枪还放置在一个角落里，包括茶缸，干得铁硬的馒头等等。

“头一回进来，最紧张。”爱生说，“真了不起，我们也可以在这里住。”

“是吗。”小满拍打软垫躺下，“对什么你都一惊一乍的，进厂子也这样。”

黑暗中，爱生并不理他，四处察看翻动那些杂乱的兵团宣传品，看软垫下会压着什么。他借着桌椅缝隙露出的微光，仔细摸索，像是会找到更意外的东西。

一切是为过去准备的，没新的发现。小满静下心来想事，周围逐渐清晰起来。他们早已经适应了这里的幽暗，逐渐看到对方躺在软垫上的轮廓和细节。这隐蔽所似乎亮了不少，小满想到了以前守卫这个地方的红卫兵，他一直觉得，那是一种神秘的、令人向往的生活，谁也无法打败守在这里的人吧，只要置身于此，一定会知道这里便于藏身，便于窥视外界而不会被他人察觉。他们的说话声也只在这个空间打转，最后被软垫吸收，谁也听不到这种细小的嗡嗡声，看不到这里有人，注定会被藏身于此的人所击败——外人防不胜防，在不知不觉的时候，已经被击败了，被窥视到了秘密，被倾听到交谈的内容，最后“各个击破”，外人进来毫无知觉，已经是败了。

小满已不记得，最后一次在这里究竟待了多长时间，两个人漫无边际地说话，最后发困睡了过去。在梦中，雪花膏香味顺着复杂的桌椅缝隙飘过来，盖过陈旧的体操软垫的气味。他被这气味惊醒，推一把爱生，此刻他们都听到女人轻微的呼吸。一阵阵异样的热风拂来，一种猫的呓语，无声滑过了黑暗，灰色中也像出现了猫的剪影，轻灵柔软的呻吟，闪动幽幽的暗眼。

这一天，小学校四楼那些桌椅堆成的杂乱结构中，他们透过缝隙，看到女教师裸露的肩膀，她就坐在教室一头的体操垫子上，紧挨她的是文老师。

小满打盹昏睡的那一阵，就像是躲在树林子里，坐在曾经的大柳树上，透过细密的桌椅孔隙，发现了他熟悉的女人身体。

深色软垫与浅色的肉体，在幽暗的前景后面移动。他们大气不敢出，蹲在黑暗中。小满心里感到了一种恐惧。

女教师正对着他们藏身的方向。似乎她只在此时才有了细微的笑容，使她显得有点陌生，显得怪异。

他们都感到隐隐袭来的、来自那女人的力量。她在软垫上伸展双腿，闭着眼听任文老师穿衣服，小满甚至想立刻拔腿飞跑，爱生一动不动，脸贴着桌椅，似乎沉沉睡过去了，小满拧他的胳膊，拧他的肩膀，他也不动。

“以后我不再来了。”事后小满说。

“好吧。”爱生同意说，“啥地方也甭去，真不知道带着你有多累。”

他们坐在小学校房顶，看到脚下的操场和邻近师专的荒凉一角，树冠和屋瓦都和以前一样。远处的工厂隐隐传来敲打声与柴油机的马达声，更远处，唯有铁道在暮色中异常壮观，它绵延着伸展开去，发出多道耀眼的银光，一直刺向肉眼无法触及的天边，被隆起的丘陵淹没了。火车的汽笛声也低沉地召唤小满和爱生，朝他们慢慢飘过来，像是问候他们的心灵，让他们懂得自己的存在，此刻，谁也无法再占据他们的想象了，只有火车和铁道，在他们说来才永远是一个谜，是一个安慰，或者一种漫长的宿怨。无论何时，他们总会回到车头和那些明显的特点中。经历是无法忘怀的，经历烫着了他们，使他们感到迷惘。

8

记得某一天，小满把师专浸泡标本的事，告诉了巡道工黄全。爱生在工棚里站着，吹着口哨，显得挺无聊。黄全认为那些玻璃罐子里，应当是泡着有价值的物件，不会假冒，不会是一些替代品，更何况什么白蜡、白色橡皮做的东西。

“我比如说，铁路上压死了人，应该是不值什么钱。”黄全说，“死鬼，大多是夜行车给撞的，这和路局没关系。大车、小烧提着饭盒交班，也不定知道，等见了车头挡板有碎布头子，他们才说：‘今晚挂彩了。’”

小满觉得，黄全的话完全不着边际。爱生说，黄全一直就是这样，不指望会说什么有用的，跟他提一些有意思的事儿，并不想听他议论，“他可绕了，挺让人讨厌。”

“你俩还见了什么猫？”黄全怔怔地看小满，“‘男不玩猫，女不抱狗’，我爸说的。你们还是喂个狗吧。”

小满看着黄全，知道确实什么也不能对这家伙讲了。但其实他挺想跟谁讲讲，怎么讲呢？他想。

“这几天，得多加小心。”黄全压低嗓门，凑在两人的头顶说，“别跟着煤场的人到处乱走，别去惹那些车库的乘客，知道不？”

“听到什么了？”

“少去车库，加小心，听说晚上加了警力。”

“讲多少遍了，谁信呀。”爱生说，“咱俩只是玩玩。”

“我们打算看电影。”小满说。

“那捎上我？”

“捎啥，捎个烧饼？”

黄全咝咝地发出笑声，拉下工帽，扣在小满的脑袋上，被小满躲开了，两个孩子推开巡道工的板门，跑到路基上，看见黄全的巡道小车就立在铁轨上，随手就掀翻了它，车上的铁家伙掉了一地。

“小兔羔子们！”板门咣的一声，“往哪儿跑！”黄全的大嗓门追着他们俩，“往哪儿跑，嗨！”

经常在兴奋之余，小满会感到沮丧。冬末是漫长的，也会让他想到夏季洼地那些破烂车厢，顶上蓝天一碧如洗，耳边只有风声，那片绿色洼地现在是枯黄的，那地方只在夏天会有绿色，他们三个人，一般也只是站在路基上，就可以看那些被草叶缠绕的窗洞，包括那些倒置的窗洞，然后，就跟着巡道工黄全走了，他们走出去好远，仍能想到草丛里这些不规则的破烂。

“今年夏天，我得把车厢座位牌凿开。”爱生说。

“应该都烂完了吧。”小满说。

小满这么说，心里也想到了这些车厢，它们究竟烂到什么程度了？垂柳枝条一样摇摆的人造革布条、那些蝌蚪或者小蛇，到了夏天还在吗？

三月十六日，仍然是阴沉天气，风里甚至飘起碎雪，小满和爱生在饭馆里吃了面条，那跑堂的娘儿们就过来说，早些回家吧，这儿挺冷，坐着没意思。但他们并不想回家，并不感到冷。他们坐在外墙的枕木上，跨线桥黑洞洞的就在眼前，风把煤烟卷起，打在饭馆的窗玻璃上，刺疼他们的眼睛。远处是巨大的机车转向盘，在灯光里时隐时现，一个车头吐出蒸汽，缓慢驶上了转盘，然后整个车头开始转动，徐徐改变位置，然后是停顿，转盘与道岔的铁轨对接，随后，它也就离开了这架圆盘状的巨大机器，朝着相反方向远去，银蛇似的铁轨从它的轮下游离，驱赶着这座黝黑庞大的车头，似乎碾过了繁星似的信号灯，朝着浓夜行驶，车头时常变作了一片黑影或一只黑手，遮住那些号志灯光，然后，又被灯光所刺破，它滑行着移向远方，嗥叫着，压低了嗓门，满腔悲愤地离开，给世界让出了位置。

这夜，小满和爱生尾随饭馆的几个男人，还是去了车库。那些男人仍然都醉了，仍然都用手电照亮车上那些乘客惊慌的脸，然后自作主张站到座位上，拉扯对方的行李。车内很黑，行李架被搞得杂乱，小满想起洼地里那些车厢的幽暗内部，他拉住了爱生，站在空荡荡的座椅上，看这些人打架，听到一个女青年尖声喊叫，又被谁的手捂住了。走廊里滚作一团，那种嘈杂与混乱，与过去那些黑夜相同。他们走出过道，发现饭馆那娘儿们又被某个醉鬼紧搂着，在黑暗的角落里扭动身腰。如果捡到一个手电，爱生肯定就会去晃那个娘儿们。小满打消了这念头，跟着爱生走开，下了这节车厢，他们顺着路基，爬上前一节车厢，车内空无一人，这些青年乘客们，应该是获知车中的异动，全部撤离了。这些青年相互应该都不熟识，只是三五结伴，身单力薄，没办法和车站的酒鬼们较量，因此都往前面跑了。

小满和爱生，顺着车厢过道一直朝前慢走，他们一扇扇推开连接的车厢门，从没有这样坦然，在黑暗的车厢里走得从容安静，走得这样漫长。车厢一节接着一节，似乎永走不到头，看不到乘客，一路仔细查看，这些乘客应该都逃离原有的座位，上方行李架空空如也，没留下一个提包，一顶帽子，什么都没有。

他们一路走，脚步也越来越响亮，甚至敲打厕所门，扭动把手，敲打每一节车厢的厕所门，前方的乘客或许会听到，但没人回答，也许，谁也听不到有人逐渐走过来，他们就这样一路往前，渐渐远离上来的那一节车，离它越来越远，不知走了多少路，经过了几节车厢。车厢十分相似，座位和车门，过道和厕所的位置没有区别。黑暗中，车厢泛出灰色轮廓线，内部同样是标准配置，小满想起洼地车厢内杂乱的情景，泛有微光的车厢深处似乎也隐聚着水雾，像是树丛深处的黎明。小满开始感觉无聊，也觉得他熟识和陌生的人，都躲在前方车厢的暗处，或悬在黑暗的车顶上，垂下长短不一的腿和脚，还有头发，让他瞬息间意识到这是一种幻觉，车厢仍然空荡，车轮也并没有滑动，只有他随着爱生，一直前行。四周很静，窗外是沉闷的车站夜景，几点道岔的灯光，如果车厢顺着一座林子滑行，进入山洞深处，车底和窗外就会是另一种状态，小满努力阻止涌上心来的杂念，看着一扇扇车窗外，星星点点的信号亮光逐渐密集，他知道车厢仍然稳稳留在车库里，无数的座位一排一排在暗处袒露，行李架空荡，走廊是漫长的黑暗。如果此刻发现了一个乘客，发现有个乘客孤零零坐在某个座位上，靠着小桌，爱生一定会站住脚步，跟这位乘客聊天的，会在乘客面前吹牛，说自己是正式工，或是巡道工，然后，爱生拉小满也坐下，随便聊天说话，或者透过车窗眺望铁道，坐一会儿，默默坐一会儿，像他们坐在倒置的车厢里。小满这样想着，随爱生一路朝前，就这样跟随着这伙伴，仿佛这一夜的爱生散发着异常的气息，让小满走个不停，左右打量，希望发现什么，就一直这么走？小满想。

他们没有意识到，离开他们上车的那节车厢，已越来越远了，他们已忘记自己在干什么，一起爬上车的还有谁，他们是在哪儿，在干些什么，他们忘记了刚才被发现的那个饭馆娘儿们，不管她被搂抱，还是已跟谁钻到别的地方去，他们不再想这些乱糟糟的事，觉得和这些人没关系，只是上车走走看看，在无人看管的客车的车库，谁都可以上车不是吗？此刻，小满是这么认为的，周围阴暗，毫无人声，而他们却长长地走完一节又一节的车厢，对小满说来已不惊异，如果是货场挂的车皮，这列火车完全有理由长达一倍，客车总是短的，即使没见到有人，就走到头，看看前边是怎么回事。车厢之间的玻璃门打开又关闭，映出小满和爱生的脸和肩膀，门被留在身后，前方仍然呈现晦暗的一排排空空的黑灰色座椅，走廊是黑灰色，车厢也完全是黑灰色。

小满知道，客车不会总是这样，爱生一定也这样想的，似乎听到前边总有细微的脚步声，每当爱生打开车厢连接处的玻璃门时，空中应该泄露了前方车厢带来的异样气流，让他知道前几节车厢，聚集着慌张的乘客，他们肯定被吓坏了，只有挤在一起，才有信心，天气太冷，只能聚在一起，最前面的那节车有暖气？还是将就，在车上过夜总会安定得多，等到黎明时分，他们也就熬出了头，带行李跨过几股铁道，可以及早坐上那列待发的火车，他们非常熟悉，应该是第二年或者第三年采用这样的转车手段，对这个车站及车库情况很熟，比在车站候车室过夜，第二天奋力挤过签票口，在人群中蜂拥爬上车厢要方便得多。

此刻，小满和爱生离开上车的车厢，已相当遥远。他们顺着走廊过道，一直朝前走，不停打开车门。车厢一节挨着一节，很难走到头，看不见什么；

一路没发现任何异常，拍打厕所的门，扭动一下门把手；脚步嗵嗵嗵经过走廊，是被前方的黑洞所吸引，难以阻止这种强烈的吸引。

此刻小满发现，爱生忽然踉跄地晃了晃身体，意识到爱生这个迹象，他们已走过十多节车厢，爱生打开了这节车厢门，就突然踉跄靠在门框上，像立刻就会这样滑倒在地，身体顺着坚硬的木制门框慢慢往下溜，单腿跪地。与此同时，门框那边吹来一股暖风。小满扶住爱生，仔细看看爱生的脸；但车厢太暗，爱生的脸已经模糊了，爱生捂住肚子，热乎乎的黏液正顺着指缝往下流淌。小满在暗中寻找，摸到了温暖的刀把。爱生哼了一声，抬起脸朝过道那边望去。

周围没有人，过道两边，黑黝黝的没有任何声响。

小满终于把爱生放在铁道上。火车的汽笛由远方传来，铁道在沉睡，枕木露着一道道的肋骨，似乎完全被车轮所遗忘。小满看了看天空，从高处朝下看，这儿也许只是一条冰封的河床；那些枕木，包括他和爱生都被严寒所冻住；错综复杂的铁道闪着冰凌的光彩；洼地那儿是一片白雪，还是黄色的荒草；那些破烂的车厢这一夜是怎样的？他想和爱生到那儿去坐着。黄全说过，那儿只是一条铁路弯道，周围没人，也没有灯光，那些车厢一直就这样被人忘记了，再没有比那边更安全的地方了，除了他和爱生，任谁也不再提起那些车厢。

他抬眼朝洼地的方向望去，它是被城市阻挡的。烟囱昼夜不停吐出烟雾，也有依稀的暖风送来，消失在跨线桥阴沉的桥拱里。冬季就要结束了，过不了多长的时间，爱生会醒过来，在洼地那儿醒来。火车的汽笛低沉，安慰小满，也召唤爱生。小满觉得自己坐得太久了，感觉有些冷，他独自站在冰封的铁道上打了个寒战。

金宇澄在文景

《轻寒》

《方岛》

《碗》

文景

Horizon

社科新知　文艺新潮

方岛

金宇澄 著 / 插图

出 品 人：姚映然
责任编辑：陈欢欢
封扉设计：周伟伟
美术编辑：高　熹

出　　品：北京世纪文景文化传播有限责任公司
(北京朝阳区东土城路8号林达大厦A座4A 100013)
出版发行：上海人民出版社
印　　刷：北京汇瑞嘉合文化发展有限公司
制　　版：北京大有艺彩图文设计有限公司

开 本：787mm × 1090mm　1 / 32
印 张：9.25　　字 数：117,000　　插页：2
2018年8月第1版　　2018年8月第1次印刷
定 价：55.00元
ISBN：978-7-208-15265-6 / I · 1740

图书在版编目（CIP）数据

方岛 / 金宇澄著. —上海：上海人民出版社，2018
ISBN 978-7-208-15265-6

Ⅰ.①方… Ⅱ.①金… Ⅲ.①短篇小说-小说集-中国-当代 Ⅳ.①I247.7

中国版本图书馆CIP数据核字（2018）第140043号